재밌으면 그걸로 충분해

입을 가리고 웃는 것처럼 보이는 해표.
뒤에 보이는 빨간 배는 이탈리아 쇄빙선이다.
설상차를 인계받으려고 기다리다가 촬영했다.

새끼 해표.
눈이 녹은 흙바닥 위에 눈을 감고 한참 동안 가만히 있기에
죽은 건가 싶어 가까이 가봤더니 빙글 돌면서 웃는다.
'뀨?'라는 단어 그 자체다.

TEMPORARY
ANTARCTIC
DEPARTURE
TERMINAL

쇄빙선에서 찍은 오로라.

흔들리는 배 위라 노출을 길게 설정할 수 없어서 흐릿하게 나왔다.

맨눈으로 보면 하얀 안개나 구름 같다.

같은 날 기지에서 찍은 사진은 멋지게 나왔던데….

재밌으면 그걸로 충분해

남극에서 쓴 파란만장 에세이

재밌으면
그걸로 충분해

김인태 지음

상상출판

프롤로그

이렇게 사는 사람도 있다

프롤로그를 쓰려고 보니 재밌는 에피소드와 머리를 쥐어 짜내어 만든 괜찮은 문장들은 이미 본문에 다 써버려서 막막했다. 특히 '책 쓰기의 기쁨과 슬픔'에는 지금 보니 프롤로그와 에필로그 세 개는 쓸 만한 내용이 들어 있다. 이럴 줄 알았으면 좀 아껴둘걸. 왜 안 말리셨나요, 편집 팀 여러분. '본문이 얼마나 재밌고 유익하기에 이런 말을 하지?'라는 생각을 하실까 봐, 너무 큰 기대는 마시라고 학교 웹진과 했던 인터뷰 초안 일부를 옮겨본다.

"이렇게 사는 사람도 있다는 걸 알리고 싶은 마음도 컸습니다. 학생 때 다들 하고 싶은 걸 좀 더 찾아보고 실행해보면 좋겠다는 생각을 항상 해왔거든요. 꿈을 찾고 다른 일에 도전해보자는 건데, 사실 이런 얘기를 하기엔 조심스러운 부분도 있긴 해요. (…) 남극 한 번 다녀왔다고 도전을 이야기하는 건 오만이라는 생각이 들었거든요. 남극에 갔다 왔다는 건 대단한 일처럼 보이지만 어쩌다 보니 그렇게 된 거고, 또 저를 이루는 많은 요소 중에서 일부분이기 때문에 더욱 그런 것 같아요. 그래서 이러한 배경이 없는 분들한테 쉽게 도전을 이야기하긴 어려운 것 같아요. 하지만 그럼에도 제가 생각하는 '이상적인 대학생'의 삶에 조금씩 가까워지는 것 같아 저랑 비슷한 생각을 가지고 고민하시는 분들께는 자극이 되지 않을까 싶습니다."

원래 이 책의 콘셉트는 '이상과 현실 사이에서 줄타기를 하는 20대의 삶과 생각'이었는데, 써놓고 보니 현실 부분이 거의 없어서 이상만 잔뜩 있는 사람처럼 보일지도 모르겠다. 출간 제안서에서 기억에 남는 문구는 "'N포'도 'YOLO'도 아닌, '재미주의'"였는데, 그래도 이것만큼은 충실해서 다행이랄까. 이때 제안해주신 책 제목도 처음엔 너무 몽글몽글, 간질간질한 느낌이라 부담스러웠지만, 원고를 쓸수록 마음에 드는 제목이 되었다.

'미술과 경제를 전공했고, 요리로 남극에 다녀왔으며, 발레가 취미인 남자 대학생.' 이 설명을 보면 어떤 사람일 것 같은가? 모험과 도전을 즐기는 이상한 사람? 글을 읽어보면 알게 될 것이다. 얼마나 이상한지 그리고 얼마나 평범한지. 어떤 걸 경험했고 무엇을 깨달았는지도.

과거 이야기를 최대한 사실에 가깝게 적으려고 노력했다. 몇 년 전 일기장을 들춰보고, 클라우드 사진첩을 훑어보며 주변인들에게 사실 여부를 확인하기도 했다. 그래도 혹시 놓친 부분이 있을지도 모르지만, 자세한 사항을 아는 분들은 양해 바란다. 굳이 고쳐주고 싶다면 여러 권 사서 개정판이 나올 수 있게 해주는 것도 한 방법이다.

마감 직전 프롤로그와 에필로그 영감을 얻으려고 좋아하는 작가의 책을 읽다가 갑자기 두려움이 엄습했다. 이렇게 잘 쓴 대단한 책도 이 가격인데, 내 책(아직 얼마일지 모르지만)이 과연 비슷한 값어치가 있을까 하는 생각에 몸서리가 쳐졌다. 누군가에게는 그래도 쓸모가 있을 것이고, 펭귄과 풍경 사진이 내 인세만큼은 가치가 있지 않겠느냐는 희망에 얼른 마음을 고쳐먹었다.

동기 부여 영상이 넘쳐나는 시대에 내 책을 읽고 삶이 극적으로 변하긴 쉽지 않다고 생각한다(물론 그러면 뿌듯하겠지만). 그럼에도 누군가에게 작은 도움과 응원, 자극이 되었으면 좋겠다. 모두가 쓸모를 요구하는 시대에, 재밌으면 그걸로 충분하다고 말하는 사람 한 명쯤은 있어도 괜찮잖아?

차례

Part 2.
꿈꾸고 경험하고 선택하라

Part 3.
묻지도 따지지도 않고 일기를

Part 4.

재밌으면 그걸로 충분하지 않아

Part 1.

남극엘 다녀왔다

남극엘 다녀왔다

남극엘 다녀왔다.

사람들이 "남극이라고? 어땠어?" 하고 물어보면 뭐라고 대답해야 할지 잘 모르겠다. "응. 추웠어. 겁나"라고 해야 할지, "남극의 여름인 12월은 서울보다 춥지 않고 기온도 영상인데…"라며 사실을 얘기해야 할지 잘 모르겠다. "좋았어"라고 해야 할지, "너무너무 힘들었어. 엄마가 정말 보고 싶었어"라고 해야 할지도 잘 모르겠다.

이 글은 원래 귀국 직후 구상한 건데, 그때까지만 해도 내가 생각한 답은 "응, 별거 없었어"였다. 남극행 비행기에서 남극 대륙이 보이니까 흥분을 감추지 못하던 나와 달리, 여러 번 와보셨던 옆자리 형님들은 '뭘 그리 호들갑이냐' 하는 표정으로 놀랄 거 없다는 얘길 하셨는데, 그게 이해가 갔기 때문이다. 4월 24일에 써놓은 글을 보면 별거 없다고, 그렇지만 "와보기 전엔 절대 모르는 그런 별거 없음"이라고 적어놓았다. 해보지 않았을 땐 엄청 대단해 보이지만 막상 이루고 나면 별거 아닌 것들 있지 않으냐면서. 그리고 5월 중순까지는 이 생각이 이어졌다. 아마도 한국이 너무나 그리웠기에 흔들리는 나무만 봐도, 길가의 꽃향기만 맡아도 행복해서 그랬을 거다.

하지만 한국의 풍경이 다시 일상이 되고, 하루에 한 달 치씩 남극에서 찍은 사진을 돌려보니(대략 1만 장 정도 되는 것 같다) 생각이 바뀌었다. 대체 내가 어딜 갔다 온 건가 싶고 모든 게 꿈만 같다. 남극에서의 5개월, 일하고 먹고 등산 가고 해표와 펭귄을 봤다. 그리고 배에서의 40일, 멀미와 석양과 돌고래와 일출. 그렇게나 탈출하고 싶었던 남극인데, 어느새 그리워졌다. 이제야 좀 객관화가 되는 것 같다. 정말 대단한 경험을 하고 온 거다. 남극에 갔을 때도 처음 3주간은 그랬다. 해가 지지 않는 것이나 빙하, 헬기보다도 내가 지금 남극에 있다는 게 제일 신기하다고, '63퍼센트 정도만 믿긴다'고 써놓은 글도 있다. 그로부터 몇 주가 지나서야 비로소 실감이 됐다.

그런데 남극은 내가 잘나서 가게 된 것도 아니고, 다녀온 것도 내 삶의 일부일 뿐이기에 얼떨떨하기도 하다. 난 탐험 정신이 아주 강하지도, 장발을 하거나 수염을 기를 만큼 튀고 싶어 하는 사람도 아닌데, 어쩌다 보니 남극에 가서 머리랑 수염을 잔뜩 길러 왔을 뿐이다. 더 거슬러 올라가면 어쩌다 보니 요리를 하게 되었고, 여차저차해서 남극에 다녀오게 된 거다. 어쩌면 그 모든 우연이 나를 남극이라는 필연으로 이끈 것 아닐까. 남극에 가기 위해 나는 천방지축 어리둥절 빙글빙글 돌아가는 20여 년을 산 게 아닐까. 아니, 남극조차 우연의 일부라 또 다른 필연이 있는 것은 아닐지 기대될 정도다.

그럼에도, 그리고 그렇기에 언젠가 다시 가고 싶다. 한 세 번쯤! 장보고 한 번, 세종 두 번 더. 미국의 관측 기지인 맥머도에도 가보고 싶고….

나는 어쩌다 남극에 가게 되었나

방아쇠

2019년 여름방학, 남극에서 냉면을 만들어 먹는 SF소설(단편집 《냉면》 중 dcdc의 〈남극낭만담〉)을 읽다가 문득 남극에 가고 싶다는 생각이 들었다.

사실 3년 전쯤 수십 년 경력의 요리사만 뽑는다는 기사를 봤기에 큰 기대는 하지 않고 관련 정보를 찾아봤다. 그런데 2018년에 조리 보조 분야를 뽑는 공고가 뜬 걸 발견했을 때부터 왠지 흥분이 됐다. 설마, 에이 설마! 두근대는 마음을 진정시키고 연구소 측에 전화해서 올해에도 이 분야 채용을 하는지 물었더니 곧 공고가 뜰 것이라는 답변을 들었다. 세상에!

자기소개서와 면접

한 달쯤 후 정말 공고가 떴고, 열심히 서류와 소개서를 준비해서 제출한 후 연락을 기다렸다. 자기소개서를 쓰면서는 자료 수집을 핑계로 영화 〈남극의 쉐프〉도 봤고, 극지연구소 뉴스레터나 신문 기사 등 모든 정보를 찾아봤다. 그중 가장 기억에 남고 도움이 된 건 세종과학기지에 조리대원으로 가셨던 분과의 인터뷰였다. 인스타그램에서 그분을 발견하고 조심스레 간략한 내 소개와 함께 몇 가지 질문을 DM으로 보냈다. 흔쾌히 답변해주셨고, 지속적으로 큰 도움을 주셨다. 특히 면접에서 유용했던 정보가 많아서 정말 감사했다.

왕복 다섯 시간 거리의 극지연구소에서 면접을 봤는데, 이때 질문과 답변을 '누군가에게 도움이 될 수 있지 않을까' 싶어서 정리했다. 실제로 남극에 있을 때나 귀국 후에도 인스타그램을 보고 많은 요리사들께서 연락을 주셨다. 면접 복기 파일과 함께 궁금한 사항에 대해 아는 선에서 답변을 드렸다. 나도 지원서를 쓸 때 아무 대가 없이 조언을 받았기에 정말 흔쾌히 도와드릴 수 있었다. 남극에 가게 되면 뭔가 묘한 동질감이랄까, 돕고 싶은 마음이 생기는 것 같다. 한편으론 내가 요리를 전공했던 것도 아니기에 세계 각국에서 요리하시는 분들께 조언을 드리는 게 굉장히 민망하기도 했다. 꽤나 생생한 정보를 전달할 수 있긴 했지만.

합격 그리고 그 후

면접 며칠 뒤 합격 전화를 받고는 가슴이 철렁했다. 근무 기간이 짧은(2~3개월) 자리에 붙을 것을 예상해서 다음 학기에 복학을 할 계획이었는데, 5개월간 일하게 됐다는 소식이었기 때문이다. 잠깐 고민하다 지금 아니면 언제 또 가보겠느냐는 생각에 기꺼이 받아들였다. 돌이켜보면 길게 있었던 덕분에 재밌는 경험을 훨씬 많이 했다고 생각한다.

합격 후엔 부산에 있는 한국해양수산연수원에서 이틀간 극지 안전 훈련을 받았다. 첫째 날엔 각종 주의 사항과 GPS 사용법, 크레바스 탈출법, 로프 매듭법, 들것 이용법 등을 배웠는데, 그때만 해도 남극에 대한 공포가 꽤 컸다. 현실감이야 남극에 가서도 나지 않았지만, 사고 사례는 어렸을 때 본 〈남극에서 살아남기〉가 떠오를 정도였다. 헬기에서 내리자마자 크레바스에 빠져서 죽기 직전까지 간 이야기를 듣고 있자니 남극에 가는 게 옳은가 하는 의구심마저 들었다. 둘째 날엔 화재 대처 요령, 소화기 사용법, 심폐소생술 등을 배웠는데, 각종 사고 사례를 듣다 보니 역시나 살아서 돌아오고 싶다는 열망이 솟아났다. 남극에서 화재가 나서 기지가 다 불에 탔다?

밖은 영하 20도다? 먹을 게 없고 구조대는 몇 주 후에나 온다? 생각만 해도 끔찍했다.

훈련 후에는 저녁마다 회식을 했는데, 형님들이 다 사주셔서 바다를 보며 회도 먹고 낙곱새(낙지곱창새우)에 감자탕에 샤부샤부에 황홀했던 기억이 있다. 남극에 이미 다녀오신 분들은 그 경험을 들려주시기도 했고, 내가 술을 잘 못 마셔서 술을 거절해도 뭐라 하지 않으신 것도 감사했다. 남극에선 좀 달랐지만….

기억에 남는 순간은 호텔 조식을 먹으러 가서 조리장을 처음 만났을 때다. 서로 자기소개를 짧게 하고 굉장히 어색한 채 지내다 남극에 와서야 친해졌는데, 그 후 조리장이 내 첫인상을 얘기해줬다. 호텔 식당에서 만나 내 이력을 듣고는 '아, 이 사람은 자기 잘난 맛에 사는구나'라는 생각이 들었다고 한다. 하지만 남극에 와서 입가에 소스를 묻혀가며 와구와구 먹는 모습을 보고 '아, 이 사람 참 진실한 사람이구나' 하고 생각이 바뀌었다는 얘기였다. 좋아해야 할지 싫어해야 할지 모르겠지만, 잘난 맛에 사는 사람보단 와구와구 먹는 사람이 낫기에 다행이라고 생각한다.

학과장님과의 에피소드도 있다. 요리하려고 휴학할 때였는데, 학과장님께서 상담 시간에 "요즘 애들은 도전정신이 없어서 문제라는데 넌 그렇진 않은 것 같아서 좋다. 그런데 그게 좋은 도전인지는 모르겠다"라고 하셨다. 돌이켜보면 나 같아도 그리 말했을 거다. 아니, 저 정도면 완곡한 표현이지. 나였으면 당장 그만두라고 했을 텐데. 그만큼 친한 관계가 아니라 말을 아끼신 것이리라.

하지만 그로부터 2년이 지나 요리로 남극에 가게 됐다고 하니 엄청 반기시며 어마어마한 성공을 한 제자를 만난 것처럼 축하해주셨다. 사람 일은 참 모르는 거다. 지인들이나 엄마 친구 분들도 내가 남극에 간다고 하면 대단하고 엄청난 성공을 한 것처럼 말씀하셨다. 왜지?

그리고 아주 중요한 것, 짐 싸기. 대체 어떤 곳인지 감도 오지 않는 상태에서 물어물어 필요한 것을 챙겼다. 국립공원에서 일하시는 삼촌이 단골 가게에서 바라클라바, 발열 내복, 울 양말, 장갑 등 남극에서 필요한 것을 사주셨다. 조카가 남극에 간다고 자랑하시던 모습이 아직도 눈에 선하다. 귀국해서 1년 만에 찾아뵙고 남극 사진들을 드렸더니 며칠 뒤 사무실에 걸어놓은 인증 샷을 보내주셨다. 브런치에 쓴 글이 카카오톡이나 다음에 올라가면 그걸 보고 전화를 주시기도 했다. 평소엔 명절이나 생일 정도는 되어야 안부를 묻던 사이였는데, 남극 덕분에 무척 가까워졌다.

그 외에도 중요한 것은 두 개 이상씩 준비했다. 부서지거나 고장이 나면 새로 살 수가 없으니까. 여분의 휴대전화뿐 아니라 케이블과 충전기도 두세 개씩, 필기구도 세 개씩, 각종 상비약이랑 비타민, 홍삼 등도 넉넉히 챙겼다. 빨래를 못할 때를 대비해 티셔츠를 열 장 정도 새로 사고, 통신사가 KT면 기지에서 전화나 인터넷이 된다고 해서 유심도 새로 개통했다. 쓴 적은 한두 번도 안 됐지만 만약을 대비한 보험이었으니 괜찮다.

선풍기를 챙겼다는 분에게는 다들 "남극인데 뭔 선풍기냐" 하며 핀잔을 주었지만, 사실 나도 혹시 모르니 작은 손풍기를 하나 챙겼다. 남극에선 안 썼지만 이 작은 물건은 쇄빙선(碎氷船)에서 빛을 발하게 된다. 적도 부근을 항해할 때….

근로장려금 적금도 세 개 들어놓고 갔다. 어차피 가면 돈 쓸 일이 없으니. 진짜로 돈 쓸 일이 없다. 주식이나 인터넷 도박을 하지 않는 이상. 아, 크리스마스랑 설 선물, 밑반찬 등을 집에 배송한 적이 몇 번 있긴 하다.

남극에 들어갈 때 들고 갈 수 있는 짐이 제한되어 있어서 대부분의 짐은 배로 보내야 한다. 수하물 제한이 28킬로그램인데다 호주에서 방한복과 신발까지 받을 예정이라 당장 필요한 몇 가지 옷과 방한용품 외엔 거의 다 놓고 갈 수밖에 없었다. 배편으로 보낼 짐을 연구소에 들고 가서 커다란 나무 상자에 담으니 남극에 간다는 게 약간은 실감이 났다. 월동대만큼이나 짐이 많다는 얘길 들었는데 5개월을 사나 12개월을 사나 짐은 비슷하지 않을까 싶긴 하다. 사실 기지에 도착해보니 몸만 가도 거기서 어떻게든 살아남을 수는 있는 환경이었지만 말이다. 빨래도 자주 할 수 있어서 옷이 그렇게 많이 필요하지도 않았다.

예금과 적금을 제외하면 계약서에 도장도 태어나서 처음 찍어봤다. 계약서 두 장을 나란히 놓고 가운데 도장을 찍는 건 처음 해봐서 신기했던 기억이 난다. 출국 직전에 머리도 짧게 잘랐다. 가면 이발을 잘 못할 것 같기도 하고 초반에 적응할 땐 머리 감는 시간도 아깝고 요리할 때 편할 것도 같았다. 돌아올 땐 장발이 될 줄 그땐 몰랐지.

합격 직후엔 친한 친구들에게만 알리고 송별회를 참 많이 했다. 못해도 다섯 번 정도는 했을 텐데, 그 외에도 참 많은 사람을 만났다. 입대 전에 아침 약속까지 잡아가며 사람들을 만났던 때가 떠오를 정도였다. 그리고 그 과정에서 참 많은 선물을 받았다. 털모자도 받았고(바라클라바만큼이나 필요한 물품이었고 정말 유용하게 썼다), 내복, 2주에 하나씩 읽으라고 편지 열 개, 향수, 그림 그리기 세트 등등. 혹시나 빠뜨린 게 있다면 미안하다. 모두들 정말 고마웠다. 코로나 때문에 만나지 못했지만 몇 안 되는 남극 기념품도 쟁여놨고 밥도 살 거다!

SNS에 공개적으로 남극에 간다는 사실을 알린 건 출국 하루 전날이었다. 그때까지도 나는 다리가 부러지거나 예상할 수 없는 일이 생겨 출국을 못 하게 되는 건 아닐까 싶은 마음이 있었다. 미리 알렸다가 못 가게 되면 그것만큼 민망한 게 없다고 생각했다. 돌이켜보면 미리 알려서 더 많은 축하와 덕담을 받고 가도 좋았을 것 같다. 그래도 누군가의 머릿속엔 남극에 가는 걸 하루 전에야 알리는 쿨한 사람으로 기억되었을 테니 만족한다.

아임 고잉 투 앤타크티카

지리적으로 더 먼 곳도 많겠지만 심리적으로는 아마 남극이 한국에서 가장 먼 곳이 아닐까. 1만 3000킬로미터 정도 떨어져 있으니 지리적으로도 가까운 건 아니지만….

관심 있는 사람들은 알다시피 세종과학기지는 대체로 남미를 거쳐서 가는데, 칠레의 푼타아레나스가 관문 도시 역할을 한다. 장보고과학기지는 주로 호주 호바트나 뉴질랜드 크라이스트처치를 경유해서 간다. 내가 출국해서 남극에 들어가기 전 2박 3일간 머문 곳은 호바트다.

인천국제공항에서 열 시간가량 비행기를 타면 호주의 브리즈번에 도착한다. 기내식은 물론 컵라면까지 먹고 영화를 두어 개나 봤는데도 시간이 정말 느리게 갔다. 오랜만에 타는 비행기라 덜 지루할 줄 알았는데.

브리즈번 공항에선 비행기를 기다리며 먹은 바닐라코크가 기억에 남는다. 대체 왜 한국에서 판매하지 않는 걸까 싶을 정도로 매력적인 맛이었다. 브리즈번에서 세 시간 정도 비행기를 타면 드디어 호바트에 도착한다. 내 뒤에 어린아이를 동반한 가족이 앉았는데, 아이가 나를 보기만 하면 엄청 웃으며 좋아해서 아기 엄마랑 잠깐 얘기를 나누게 됐다. 호바트 주민이신데, 대화 중에 내가 남극에 간다는 자부심이 넘쳐 "아임 고잉 투 앤타크티카(I'm going to Antarctica)"라고 하니 그것 참 멋지다며 축하해주셨다. 지금 생각하면 호바트에선 남극 가는 사람들을 무척 자주 볼 텐데 그런 얘기를 해서 조금 멋쩍긴 하지만, 아무나 갈 수 없는 곳이긴 하니까.

호바트. 이번에 처음 들어본 도시인데 알고 보니 남극의 관문 도시로 꽤 유명했다. 도시의 첫인상에 대해서는 "보이는 건 백인 외국인"이라고 일기에 쓰여 있다. 백인이 가득한 곳에 가본 경험이 별로 없어서 이게 가장 크게 느껴졌나 보다. 또 건물들이 옛날 유럽풍이고 마차도 다녀서 꽤나 멋진 도시라는 인상을 받았다. 항구 도시이기도 해서 동네 구경도 하고 점심도 해결하려고 밖에 나왔는데, 굉장히 낯익은 노래가 들렸다. 항구 한쪽 구석에서 현지 학생들이 트와이스의 《CHEER UP》에 맞춰 춤을 연습하는 중이었다. 모국에 대한 왠지 모를 자부심과 그들을 향한 기특함에 말을 걸었다. "우린 한국에서 왔어! 그리고 너희 춤 정말 잘 춘다!" (영어로 뭐라고 했는지 기억이 잘 나지 않는다.) 다들 부끄러워하면서도 엄청 고마워하며 좋아했다. 소시지로 독일 사람에게 인정받은 기분이려나? "두 유 노 BTS?"도 할 걸 그랬나 싶기도 하다.

마침 그날이 토요일이라 플리마켓(벼룩시장) 비슷한 살라망카 마켓이 열린다고 해서 구경하러 갔다. 인터넷에는 필수 관광 코스라고 나와 있고 추천하는 글도 많았는데, 내 기준엔 그렇게 볼거리가 많지는 않았다. 내 취향인 물건이 별로 없기도 했고, 여기서 산 물건을 남극까지 가져가는 건 무리라는 생각도 들었다. 원래는 여기서 점심을 해결하려 했는데, 무척 비싼 핫도그 외에는 맛있어 보이는 게 없어서 월동대원 중 한 분이 찾아서 추천해주신 곳으로 갔다. 휴대전화로 지도 앱을 켜놓고 내비게이션처럼 따라가다 도착한 쌀국숫집은 저렴한 가격에 다양한 토핑과 사이드 디시가 제공되어서 만족스러웠다.

그리고 그날 저녁은 기대했던 티본스테이크. 인건비가 비싼데다 티본이니 가격이 높을 것이라고 생각했는데 한국보다 저렴해서 놀랐다. 큼지막한 티본스테이크가 3만 원도 안 됐다. 아무리 쇠고기가 저렴하다지만 충격적인 가격이었다. 나중에 마트에서 한 덩이에 6000원인 티본 가격을 보고야 수긍할 수 있었다. 숙소로 돌아와서 몇몇 사람은 2차로 모였는데, 남극에 몇 번 다녀오신 분들의 이야기도 듣고 친목도 다지는 시간이었다.

다음 날 오전에는 다 같이 웰링턴산 투어 프로그램에 참여했다. 작은 버스를 타고 기사님의 설명을 들으며 정상에 올라 자유시간을 가지다 내려오는 일정이었다. 영어 설명은 절반도 알아듣지 못한 것 같지만 풍경은 좋았고 사진도 몇 장 건졌다. 산을 오르는 것이라 삶은 달걀도 챙겨 갔는데 정상 도착 전에는 인기가 없더니 버스에서 내리자마자 어느새 동이 났다. 그리고 정상에서 알게 된 몰랐으면 좋았을 사실 하나. 같은 비행기로 남극에 가게 되는 한국 분들을 만났는데, 우리보다 저렴한 가격에 더 편하게 택시로 투어를 하는 중이라는 얘기였다.

산에서 내려와 점심 먹을 곳을 찾다가 쌀국숫집이 휴업인 것을 알고는 여기저기 기웃거렸다. 날씨가 으슬으슬해서 다들 따뜻한 걸 먹고 싶어 했는데, 한 분이 '차이니즈 핫 팟(Chinese Hot Pot)'이라는 레스토랑 광고판을 보고 가보자고 하셨다. 오, 어떤 중국의 따뜻한 국물을 맛볼 수 있을까 기대했는데…. 세상에! 마라탕을 파는 집이었다. 다른 팀은 항구 쪽에서 피시앤드칩스를 먹는다던데, 내가 호주까지 와서 마라탕을 먹게 될 줄이야. 근데 나 빼곤 다들 먹기 힘들어하셨다. 그땐 현지 음식을 먹지 못해 정말 아쉬웠는데, 이제는 이것 또한 하나의 해프닝으로, 즐거운 추억으로 남아 있다. 흑당버블티 파는 데도 봤는데, 낯선 곳에서 느껴지는 익숙한 향기가 오히려 이질적이었다.

사실 가기 전에 잠깐 찾아본 바로는 모나(MONA)라는 미술관이 유명하고, 아방가르드한 작품이 많다고 해서 꼭 가보고 싶었는데, 시간이 안 돼서 결국 못 간 게 아직도 아쉽다. 대신 산에서 내려와 무척 피곤했지만 언제 다시 오겠느냐는 생각에 근처에 있는 태즈메이니안 미술역사박물관(Tasmanian Art & History Museum)에 잠깐 들렀다. 작품과 도시의 역사도 재밌었는데, 놀란 건 두 가지였다. 첫째로 인구가 23만 명인 도시에서 박물관에 이렇게나 사람이 많다는 거였고, 둘째로 박물관 중앙 로비? 홀? 같은 곳 한쪽에 매트가 있는데 온 가족이 아기랑 꺄르륵거리며 노는 게 신기했다. 굉장히 이상적인 도시의 모습이랄까. 나오면서 기념품점에서 엽서를 샀는데, 이게 마지막 기념품이 될 줄은 몰랐다. 올 때 뉴질랜드 공항에서 지인들에게 줄 선물을 사려고 했는데, 뉴질랜드는 밟아보지도 못하게 될 줄이야.

그리고 아주 중요한 남극 오리엔테이션. 남극에 들어가기 전날에는 남극행 비행기 탑승자를 대상으로 수화물 규정에서부터 동상 예방에 이르기까지 자세한 교육이 실시된다. 바다 위 얼음(해빙)에 착지하는 거니까 조심하라는 얘긴데, 그땐 엄청 심각하고 진지하게 듣고 걱정했으나 막상 와보면 익숙해지긴 한다. 그래도 조심해서 나쁠 건 없으니까. 나는 이때 피복을 지급받았는데, 바지만 60만 원짜리라 놀라서 가격표를 찍어두었다. 막상 남극에서는 한 번도 안 입었다. 나중에 반납해야 하기에 고이 모셔둔다고 집에 가져갈 수 있는 것도 아니었지만, 왠지 입기 아깝고 굳이 입을 일도 없었다.

남극에 들어가기 전 마지막 날. 저녁은 마트에서 고기를 사다가 구워 먹었다. 양고기 등등을 사와서 고기 파티를 했는데, 고기 가격이 너무 저렴해서 억울할 정도였다. 한국의 절반도 안 되는 가격이라니. 이쪽 방에서는 내가, 저쪽 방에서는 조리장이 메인 요리사였다. 내 경력 때문에 요리 실력에 의구심을 가지던 분이 내가 구운 고기를 맛보더니 의심이 사라졌다며 인정해주셨다. 나는 스테이크랑 사이드 디시 몇 개 정도만 만들었는데, 나중에 옆방에 가보니 조리장은 아예 풀

코스 요리를 차려서 역시 다르다고 생각했다. 그릇 바닥에 붙어 있는 걸 긁어 먹었는데도 어찌나 맛있던지. 남극에서 본 요리 실력은 더 대단했고. 모두가 즐거운 밤이었지만 다음 날 새벽에 일어나 비행기를 타야 하기에 단체 사진만 찍고 일찍 잠자리에 들었다.

비행기는 일정이 엄청 자주 바뀐다. 출발지의 날씨와 남극의 날씨 모두를 고려해야 해서 당일까지도 변동이 심하다. 며칠 전에 남극에 간 팀은 공항에서 몇 시간씩 기다리다 결국 취소돼서 숙소를 다시 잡고 다음 날 겨우 출발하기도 했다. 우리도 원래는 출발 시간이 아침 7시였다가 출발 전날 아침 10시로 바뀌었고, 다시 당일 12시 반으로 바뀌었다. 잠도 많이 못 자고 새벽에 일어났는데 이리도 허탈할 수가.

공항에 가서 짐을 부치고 티켓을 받았는데, 그냥 종이에 이름 적어주고 끝이었던 게 아직도 충격이다. 세상에서 제일 간단한 티켓 발권. 비행기도 활주로 안쪽으로 들어가 컨테이너로 만든 임시 터미널에서 다시 명단 확인하고 대기했다가 탑승했다. 펭귄이 그려진 표지판을 보니 얼마나 떨리던지. 드디어 곧 남극에 가는구나 싶었다. 점심때였지만 원래 아침 비행기였기에 안타깝게도 기내식으로 가벼운 아침이 나왔다. 특정 위도에 진입하면 안내 방송을 해주는데, 그 이유는 기억나지 않는다. 남극해 기점인 남위 60도를 지나서였나? 그리고 남극 쪽으로 들어가면 방한복을 입으라는 안내를 해주는데 얼어버린 바다와 온통 하얀 땅, 크레바스… '이게 남극이구나!' 하는 생각이 들면서 난생처음 보는 풍경에 흥분을 감추지 못했다.

얼마나 추울지 잔뜩 긴장하고 바라클라바와 고글에 장갑까지 중무장을 했지만 막상 내리고 보니 별로 춥지가 않았다. 당연하다. 영하 8도였으니. 다만 바다의 얼음 위에 착륙한다는 건 신기했다(얼음 두께가 1~2미터). 얼음 위를 20분 정도 달려서 기지에 도착했다. 기지로 가는 차 안에서 한 분이 "야, 이제 볼 거 다 봤다. 집 가고 싶다"라고 하셔서 웃었는데, 두 달 후엔 내가 집에 가고 싶다는 말을 달고 살게 될 줄이야.

남극 첫 입성, 너무 예뻐서 눈물이 났다

2019년 11월 4일 오후 11시 43분경 남극에 첫발을 내딛었다. 아직 남극 땅은 아니다. 꽝꽝 언 바다 위 활주로에 비행기가 착륙했고 나 역시 그 위에 내렸으니. 뭐라고 말을 해야 할까. 그때 사진을 보면 아직도 심장이 두근거리고 눈물이 나오려 한다. 얼어 있는 바다, 온통 하얀 풍경. 지금 생각하면 내가 어딜 갔다 온 거지, 갔다 온 게 맞긴 한가 싶은 생각이 든다. 첫인상도 굉장히 비현실적인 느낌이었겠지 싶어 일기장을 뒤져봤다. 특별한 표현이나 감상이 있으리라 기대하며.

"너무 예뻐서 눈물이 났다."

이 말밖에는 없다. 무척 피곤했나 보다. 하긴 원래는 새벽

비행기였던 게 미뤄지고, 호주의 호바트 공항에서도 몇 시간씩 대기하다 자정 가까운 시간에 도착했으니. 게다가 영하 8도의 밖에서 짐과 물건을 찾느라 한 시간가량 기다렸다가 새벽 1시가 넘어서야 기지에 도착했다. 참고로 시차는 GMT+13이라 한국 시간에서 네 시간을 더하면 된다.

새벽 2시가 훌쩍 지나서 잠자리에 들었다가 7시 반에 일어나서 아침을 먹었다. 첫날엔 기지 시설과 주변 환경 소개를 듣고 주의 사항을 전달받았다. 그리고 주방 일을 시작했다. 다른 부서들은 일주일 정도 인수인계 기간을 가지는데, 나는 가자마자 보조를 하고, 3일차부터는 온전히 우리끼리 일했다. 아쉬운 마음이 없잖아 있었는데, 나올 때쯤 이해하게 됐다. 몇 달 일하지 않았는데도 하루빨리 쉬고 싶다는 마음이 간절해지는데 1년을 일하면 그 마음이 얼마나 더 클까.

하지만 그때까지도 나는 모르고 있었다. 남극에 간 지 3일 만에 어떤 일이 벌어질지.

집에 가고 싶다, 엄마가 보고 싶다

'9월로 돌아간다면 지원했을까?' 남극에 도착한 지 3일, 기지에 들어온 지는 이틀 만에 든 생각이다.

"내가 왜 여기 있지? 뭐하는 거지? 집에 가고 싶다. 12월에

(집) 가는 거에 붙었어야 하는데. 다시 9월로 돌아가면 지원했을까? 5개월은 너무 길다, 우울하다."

지금 보면 왜 그렇게 힘들어했는지 약간 웃기기도 한데, 저 때는 꽤나 심각했던 것 같다. 우울함을 거의 느끼지 않고, 애초에 그리 심각한 사람도 아닌데, 일기에 저렇게 써놨을 정도니. 낮잠을 자고 일어났는데 악몽을 꿨는지 갑자기 집이 그립고 엄마가 보고 싶어졌다. 아니, 지금 남극에 있고 5개월을 더 버텨야 한다는 게 믿기지 않는 악몽 같았다. 그 막막한 감정과 자다 일어난 침대 위의 공간이 아직도 생생하게 기억난다. 남극에 온 지 한 시간 만에 "다 봤다~ 집에 가자~"라고 하셨던 형님의 말이 어찌나 공감이 가던지.

이유를 생각해보면, 불과 몇 주 전까지만 해도 친구들과 한강에 놀러 가고 자취방 가서 밥해 먹고 하하호호 지내다가 새벽 5시 반부터 일어나서 중노동을 하려니까 눈앞이 캄캄해졌나 보다. 혹은 낮잠을 자다 꾼 악몽이 정말 끔찍했던 건지도. 오전에 윤태호 작가님이랑 사진도 찍었는데 말이야.

근데 또 일기장의 그다음 줄에는 "다행히도 저녁 준비하면서 사람들 다 너무 착하고 좋아서 싹 풀렸다", "햐 내가. 요리로. 남극을. 왔다고? 내가. 뭘 잘해서. 햐", "암튼 행복한 하루였다"라고 쓰여 있다. 쩝. 하루 동안 참 많은 생각을 했나 보다. 조울증이야, 뭐야!

흔히들 직장은 일, 사람, 급여 중에 한두 개만 맞아도 다닐 만하다고 하는데 남극은 이 셋이 다 맞는 몇 안 되는 직장일 거다. 다만 장소가, 거기가 남극이라는 게 문제지. 그래도 몇 개월 뒤에야 느낀 거고, 그전까진 일이 고되긴 해도 해피 해피한 하루를 보냈다. 1월 전까진 철판에 손목이 찔려서 수술한 거 빼면 적당히 힘들고 적당히 어렵고 무지 행복하고 정신없는 생활이었다.

온도, 습도 그리고 유통기한

남극에 도착해서 제일 놀란 세 가지가 있다. 바로 남극의 온도, 습도 그리고 유통기한이다. 온도는 너무 높아서, 습도는 너무 낮아서, 유통기한은 다 지나서.

온도가 높은 건 지구온난화 탓도 있겠지만, 기지가 해안에 위치해서 그런지 영상인 날이 많았다. 손가락이 떨어질 것 같은 추위가 아니라 반소매에 카디건 걸치고 나가도 몇 분은 버틸 만한 날씨였다.

습도가 낮다는 건 낮아도 이렇게 낮을 줄은 몰랐다는 뜻이다. 이번에 찾아보니 남극은 '한랭사막'이며, 연평균 강수량이 200밀리미터도 안 된다고 한다. 내가 있던 장보고과학기지는 그보다 강수량이 높은 편이기는 했지만, 내가 머물 때도 내리는 눈보다는 어딘가에서 날아와 모래처럼 뺨을 때리는 눈이 훨씬 많이 쌓였다.

남극에 가기 전 잠깐 머물렀던 호바트의 박물관에서 남극이 사막과 함께 지구에서 가장 건조한 곳이라는 설명을 봤다. '음, 에이 설마. 사막이 1위고 남극이 2위인데, 둘이 엄청 차이 나는 그런 정도겠지'라고 생각했다. 그런데 기지에 처음 와서 온습도계를 보니 실내온도는 체감과 동일하게 20~25도 정도인데, 습도는 기지의 어딜 가든 15퍼센트였다. 온도계는 몰라도 습도계는 고장 난 거라고 생각했다. 나중에 가습기를 작동하니 60퍼센트까지도 올라가는걸 보고야 습도계 고장이 아니라는 걸 알았고, 곧이어 무서워졌다.

내가 지금 습도 15퍼센트인 곳에서 살고 있다고? 40퍼센트는 되어야 살 만한 거 아니야? 나중에야 알게 된 건데, 15퍼센트라는 수치는 습도계의 측정 최저치일 뿐이고, 실제 습도는 한 자릿수였다. 5퍼센트인가 7퍼센트인가 그랬다. 그나마 15퍼센트라고 믿고 있어서 플라시보 효과처럼 덜 힘들게 지낸 게 아닐까? 심한 사람은 발바닥이 갈라지고 쓰라려서 샤워를 하지 못할 정도였다. 나도 샤워하고 온몸에 로션을 바른 건 15년 만이었다. 어쩐지 일을 시작한 지 3일 만에 손 상태가 말이 아니더라니. 비닐을 끼고 자는 등 별 짓을 다 해봤으나 악화되기만 할 뿐이라 그냥 포기하고 말았다.

습도가 낮아서 나쁜 점만 있는 건 아니다. 우선 빨래가 잘 마른다. 정확하게 기억나진 않지만, 여섯 시간 정도면 아주 건조한 상태의 속옷을 만날 수 있었다. 낮에 하면 밤에, 밤에 하면 낮이 되기 전엔 입을 수 있다는 뜻이다(해가 하루 종일 떠 있으니 낮과 밤이라고 하기 좀 그런가). 그리고 내 추론인데, 음식이 잘 상하지 않는 것 같다. 얼마나 된 건지 감도 오지 않는 삶은 달걀이 상하지 않은 채 젤라틴 모형처럼 건조된 것도 발견했다.

그 연장선에서 유통기한. 기지에 도착해 우유를 마시려다가 팩에 쓰여 있는 유통기한이 몇 달 전 날짜라 다시 내려놓았다. 대부분의 과자나 레토르트 식품도 마찬가지였다. 처음엔 이거 먹다가 골병드는 거 아닌가 싶었지만 다들 먹기에, 그리고 먹고 싶어서 나도 그냥 먹기 시작했다. 우유를 다 마셔갈 때쯤 밑에 있던 걸쭉한 게 꿀렁꿀렁 나왔던 것 빼면 먹을 만했다. 원래 위장이 좋은 편이 아니었는데 정말 신기하게도 6개월간 배탈이 단 한 번도 나지 않았다. 오히려 귀국하고 한 달에 한 번씩 배탈이 났지. 그때부터였다. 멸균우유를 맹신하게 된 게….

당시 기지에서 제일 유명한 건 주방에서 일하는 우리 셋이었을 거다. 하루 세 번 기지 전체 인원을 꼬박꼬박 마주치니 당연한 얘기다. 조리장은 한식과 양식, 조리장의 친구이자 다른 조리 보조 분은 오리엔탈의 전문가라 둘이 쑥덕쑥덕하면 만들지 못하는 요리가 없었다. 나는… 비주얼… 아니, 개그 담당이었다. 두 분도 무척 재밌는 사람이지만 그나마 요리 실력보단 격차가 적은 분야가 아닐까.

그리고 주 7일 하루 11~13시간 일하는 것. 나중엔 쉬는 날도 생기고 무척 여유로워지긴 했지만, 저땐 어떻게 버텼나 모르겠다. 같이 일하던 두 분이 새삼 존경스러워진다. 그래도 큰 불만은 없었다. 연구원들은 여기 머무는 한두 달 동안 수집한 데이터로 1년간 연구한다는 이야길 들었기 때문이다. 날씨가 허락하는 한 매일같이 밖에 나가거나 연구를 진행하기에 그분들을 지원하는 내 역할 또한 주말이나 휴일이 없는 게 당연하다고 생각했다. 또한 회덮밥, 초밥, 대게, 로스트비프 등 한국에서 먹기 힘든 것을 만들고 맛볼 수 있어서 행복했던 시기였다. 더불어 많은 분들께 조리 팀 칭찬을 들었다. 시차 적응 때문에 잠도 못 자고 업무로 힘들어하시는 분에게 "먹는 낙으로 산다"라는 말을 들은 날은 얼마나 기쁘던지.

하지만 이 모든 게 이젠 정말 먼 이야기 같다. 돌아온 직후에도 내가 여길 갔다 왔나 싶었는데, 이젠 남극이라는 장소뿐만 아니라 그 생활조차도 감각 속에서 떠나버린 느낌이다. 6개월 만에 입사와 퇴사를 하고 6개월 넘게 놀았으니 그럴 만도 하지만. 종종 남극에 있는 사람들과 연락을 할 때면 마치 다른 차원이나 또 다른 평행세계 속의 사람과 연락하는 기분이었다. 함께했다는 것도 마치 꿈속에서만 만났던 존재들 같고.

남극에서 만난 채식주의자

"난 고기를 안 먹어."

"난 해산물을 못 먹어."

"난 둘 다 안 먹고 계란이랑 우유는 먹어."

남극에 도착한 지 3주가 조금 안 되었을 무렵, 화산 관련 다큐멘터리를 찍는 팀이 왔다. 오스트리아인, 독일계 미국인, 영국인으로 구성된 팀이었는데, 저 세 문장이 순서대로 그들의 식습관이었다. 오스트리아인과 영국인은 자신들의 신념 때문에 그러는 것 같았고, 독일계 미국인은 알레르기가 있다고 했다.

처음에는 누가 무엇을 먹고 무엇을 안(못) 먹는지 구분하는 것만 해도 큰 노력이 필요했다. 매번 그들에게 주의해야 할 음식을 설명하거나 그들이 우리에게 물어보는 건 양쪽 모두 힘든 일이었기 때문이다. 그래서 생각해낸 방법이 고기, 해산물, 채소에 해당하는 약자를 각 음식 앞에 붙여놓는 것이었다. 분초를 다투며 음식을 만들어내다가 신경 써야 할 일이 추가되니 처음에는 귀찮았지만, 시간이 지날수록 익숙해… 지기는커녕 더 귀찮게 느껴졌다. 채식하는 사람들을 존경하는 편이었는데, 세 명이서 100인분의 세 끼와 외부 활동 인원을 위한 도시락에 채식 식단까지 챙기려니 몸이 힘든 것도 힘든 것이지만 마음마저 고단해지기 시작했다. 그들이 감사의 표시로 나눠준 고급 초콜릿이 아니었더라면 그들을 꽤 오랫동안 미워할 뻔했다. 특히 케임브리지 대학교 화산학 교수이자 넷플릭스에도 작품을 출시한 영국인이 자신의 명함을 주며 영국에 오면 연락하라고 친근함을 보여 마음이 많이 누그러졌다. 먹을 수 있는 음식도 얼마 없이 그 추운 곳에서 지내느라 고생한 그들이 귀국해서 좀 더 행복하게 살고 있길 바란다. 그리고 내가 영국을 방문하거든 꼭 숙식을 제공해주셨으면 한다. 채식도 마다하지 않을 테니까.

어떤 재료가 들어갔는지 일일이 알려줘야 하는 것을 불평했지만 요리하는 것 자체에 비하면 아무것도 아니었다. "한식은 그나마 채식에 가깝지 않느냐"라는 말을 할 수도 있을 텐데, 사실 김치부터가 젓갈이 들어가기 때문에 완전 채식을 하는 사람에게는 조심해야 할 것이 많은 식단이다. 특히 육류의 비중이 굉장히 높은 남극에선 더욱 그렇다. 그들은 먹을 게 없어서 힘들고, 우리는 100인분을 요리하며 세 명을 위한 식단까지 따로 준비하느라 고생이 많았다. 예를 들면, 일반식 반찬으로 야채볶음을 만든다고 해도 거기에 맛을 내기 위해 굴소스가 들어가면 독일계 미국인과 영국인은 먹지 못하는 것이다! 그래서 해산물이 들어가지 않은 소스로 따로 만들어야 했다. 만약 식단상 고기가 들어간 메뉴가 대부분이라면, 그들만을 위해 달걀이나 채소로 아예 새로운 음식을 만들어주었다. 나야 몇 개월만 고생하고 가면 되지만 1년을 일해야 하는 조리장이 더 나서고 고생하면서까지 배려하는 모습이 존경스러웠다. 하지만 남극이라는 특수 상황인지라 채소나 과일 종류가 극히 제한될 수밖에 없다 보니 나중에는 그들도 반쯤 체념하고 비빔면을 찾아 먹는 모습을 보이기도 했다.

한국인 중에도 채식주의자가 한 분 계셨다. 식사를 거르고 오징어짬뽕을 끓여 드시기에 식사가 입에 안 맞으시냐고 여쭈니 본인은 고기를 안 먹는다고 하셨다. 원래는 해산물까지도 먹지 않는 채식을 하시다가 거의 모든 음식에 해산물이 들어가기에(김치에 넣는 젓갈처럼) 한국에서 살아남으려다 보니 고기만 안 먹는 걸로 바꾸셨다고 했다. 채식주의자인 친구가 있어서 그분의 상황이 잘 이해되었는데, 자신의 서러움을 알아주는 사람이 많이 없어서 그런지 나와의 대화를 굉장히 반가워하셨다. 나중에 쇄빙선 아라온에서 일할 생각이 없느냐고 하실 정도였다.

남극에 있으면 다양한 국적의 사람을 만나게 된다. 이탈리아 기지 사람들, 조사 및 탐방차 온 맥머도 기지와 호주 사람들, 중국 쇄빙선을 타고 온 사람들 등. 장보고과학기지에 소속된 캐나다와 뉴질랜드 출신 헬기 조종사 및 엔지니어들은 종종 헬기를 정리하느라 식사 시간을 놓치곤 했는데, 그때마다 우리가 기다렸다가 따뜻한 음식을 대접하거나 그들이 더 좋아할 만한 메뉴를 따로 만들어주면서 꽤 친해졌다. 그러자 그들도 우리에게 스콘을 구워주거나 토스트, 푸딩 등을 만들어주었고, 자기네 나라에 놀러 오면 꼭 연락하라고 신신당부하기도 했다. 함께 쇄빙선에 올랐다가 뉴질랜드에서 하선하는 날, 그 근엄하게 생긴 군인 출신 조종사가 나를 껴안으며 밥해줘서 고맙다고 눈물을 글썽이는 바람에 하마터면 나도 울 뻔했다. 주방 일을 하지 않으니 배에 탄 지 2주 만에 내가 요리사였다는 사실조차 잊고 있었는데 말이다.

불편하고 힘든 상황에서 타인을 배려한다는 것은 쉽지 않은 일이다. 그런데 이곳 남극에서는 이해와 배려로 무장된 사람들이 너무 많다. 일례로 기지 외부에서 짐을 옮기다 보니 일손이 부족해 도와줄 사람을 찾는 방송을 하게 됐다. 서너 명 정도면 된다고 했는데도 50대를 포함해 10여 명의 대원이 발 벗고 나서주었다. 다들 자기 일만으로도 힘들고 피곤할 텐데, 게다가 자신보다 어리고 건장한 사람이 수두룩한데도 도움이 필요한 일에 서슴지 않고 앞장서주니, 이런 사람들로만 구성된 사회라면 살 만하겠다는 생각이 들었다. 이런 곳이 바로 유토피아에 가장 가까운 사회가 아닐까 싶을 정도였다.

그 외에도 막내라고 챙겨주신 분들이 정말 많다. 돌이켜보면 버릇없어 보이거나 무례했던 행동도 있었는데, 다 넘어가 주셔서 감사하고 죄송한 마음이 크다.

그중에서 내가 가장 존경하는 사람은 조리장이다. 그는 다른 사람에게 싫은 소리를 하지 않았고, 웬만해서는 화도 내지 않았다. 나는 본래 손이 빠른 편이 아닌데다 일을 그만두고 학교를 다니다 왔기 때문에 주방 일에 속도도 느리고 실수도 많았다. 하지만 그는 나에게 화를 내기보다는 본인이 일을 더 해서 모자란 것을 채우는 사람이었다. 그리고 필요한 때에 충고와 조언을 아끼지 않았다. 그는 항상 본인이 더 힘든 일을 하고 먼저 출근하는 등 리더로서의 솔선수범까지 보여주었다.

또 언젠가는 사회문제를 두고 의견이 나뉜 적이 있었다. 그는 내 의견을 존중하지만 사회생활을 더 하다 보면 생각이 달라질 수도 있다고 했는데, 결국 의견 차를 좁히지 못하고 대화가 끝났다. 하지만 잠시 후 그는 내게 와서 자기가 잘못 생각했다고, 사회생활을 하더라도 생각이 바뀌지 않을 수 있다고, 아까의 발언은 좀 경솔했던 것 같다고 사과하는 것이 아닌가! 자신의 잘못을 인정하고 사과하는 게 도덕적으로는 맞지만, 실제 상황에서 그것도 자기보다 어리고 직급도 낮은 사람에게 그렇게 하기는 정말 쉽지 않은 일이다. 조리장은 정말 내가 생각하는 이상적인 리더의 모습을 갖춘 사람이었다.

남극에서는 내가 평상시라면 절대 만나볼 수 없을 만큼 다양한 성격과 배경을 지닌 사람들을 만날 수 있었다. 그중 한 사람은 화산연구 팀 구조 요원으로 왔던 형이다. 그의 전공은 문예창작인데, 대학에서 산악 동아리를 하다가 남극까지 오게 되었다. 남극 사람들을 생각할 때마다 그 형의 말이 떠오른다.

"여긴 나사가 하나 빠졌거나 하나 더 있는 사람들만 오지. 그래서 전체적으로 균형이 맞춰지는 거야. 물론 너랑 나는 나사 빠진 쪽에 속하는 거고!"

데자뷔: 영화 〈남극의 쉐프〉

11월 말부터 몇 주간 토요일마다 한국에 있는 아이들과 화상 통화를 했다. 부산에서 열린 극지체험전시회에 온 아이들의 질문에 이것저것 답해주는 시간이다. 해양대원에 이어 12월 초에 내 차례가 왔다. 원래는 조리장이 하는 건데 내가 유명세에 눈이 멀어…서가 아니라 조리장이 부담스러워해서 내가 대신했다. 사진을 보면 알겠지만 그 나름대로 세트가 구성되어 있기도 하고, 왠지 모를 책임감에 외모도 마음도 한껏 준비를 하고 임했다(그렇게 보이진 않겠지만, 아껴둔 흰색 조리복까지 꺼내 입었다).

시작은 자기소개와 저녁 메뉴였고, 귀여운 질문도 많았다.

'얼음으로 빙수 만들어보셨나요?' '어떻게 하면 요리사로 남극에 갈 수 있나요?' '명절에 송편 같은 음식을 만드시나요?' '여가 시간에는 무엇을 하시나요?'와 같은. 그런데 뒤로 갈수록, 그리고 학부모들이 사심(?)을 채우려고 할수록 질문이 산으로 갔다. 시작은 진행자의 "결혼하셨나요?"였다. "결혼은 하지 않았고, 이래 보여도 스물네 살입니다."(웃음) 아마 의례적인 질문이고, 가족이 보고 싶지 않으냐는 뒤의 문항과 연계된 질문이었으리라. 그 뒤로 '연봉이 어떻게 되시나요?' '지갑에 지금 얼마가 있으신가요?' '술도 드시나요?' 같은 질문이 나와서 정신이 혼미해졌다. 짧은 순간에 얼마나 머리를 열심히 굴렸는지 모르겠다. 연봉 같은 건 일반적으로 내 나이대 직장에서 받는 것보다 많은 급여를 받고 있다는 정도로 넘어갔다. 나중에 다른 형님께 이 얘길 하니 "이곳은 돈을 바라지 않고 오는 사람들이 모인 곳이기에 연봉에 크게 연연하지 않습니다"라는 모범 답안을 제시해주셨다. 이게 왜 생각나지 않았을까. 어른들한테는 가식이라는 비판을 받겠지만, 아이들에겐 꿈과 희망을 줄 수 있었을 텐데. 그래도 "남극에 얼음이 왜 녹나요?"와 같은 질문에는 화석연료 어쩌고저쩌고 온실효과랑 지구온난화 얘길 하면서 "어린이 친구 여러분도 절약을 생활화해주세요"라는 아주 이상적인 말로 답변을 마무리 짓긴 했다.

사실 화상 통화를 한 날에는 스테이크 120개를 굽고 상하차 비슷한 것까지 해서 정신이 없었는데, 다음 날에야 깨달았다. 영화 〈남극의 쉐프〉에 나왔던 장면과 완전 똑같은 일이 어제 벌어졌던 것이란 걸. 지원서를 쓴다는 핑계로 무척 열심히 봤던 영화인데, 뭔가 벅찼다. 이건 경험하지 않으면 정말 모른다. 수많은 별것 없음 중에서 반짝이는 별일이었으니. 내가 아는 사람까지 등장했다면 더 완벽했겠지만 아무튼 대단했다. 실제로 다른 대원의 어머니는 미리 얘기 안 하고 전시회에 참석하셔서 깜짝 놀라게 해주기도 하셨다. 다만 진행자의 "가족이 보고 싶지 않으신가요?"라는 물음에 "음… 여기도 지낼 만한 것 같은데…"라는 대답을 해서 문제였을 뿐….

어쩐지 진행자가 집요하게 물어보더라는 탄식은 덤이었다.

아참, 그리고 쇄빙선 아라온이 왔다. 처음 보는 건데 강렬한 빨강이 눈에 확 띄고, 진짜로 얼음을 깨부수고 오는 게 신기했다. 먹을 걸 잔뜩 싣고, 책이랑 각종 악기와 함께 왔다. 쇄빙선이 왔다는 말은 누군가 떠난다는 말이다. 한 달 조금 넘게 함께했던 조리보조 한 분이 가셨다. 날 엄청 챙겨주던 착한 사람이었는데 아쉬웠다. 물론 일손이 줄어 당분간 무척 바빠질 것도 걱정이긴 하지만, 이젠 한국에 가야 볼 수 있는 사람이니 다가올 그리움에 먹먹해졌다. 저때까지만 해도 귀국하면 곧 볼 수 있을 줄 알았는데 코로나 때문에 아직도 못 만난 사람…. 오후에 배로 떠나서 인사를 했는데, 저녁시간에 잠깐 여유가 생겼다며 다시 기지를 방문해서 깜짝 놀라게 해준 사람…. 예상치 못해서 엄청 반가웠던 기억이 난다. 그리고 좋아하는 과자가 뭐냐고 묻기에 맛동산이라고 했더니 배에 도착해서 다른 사람 편으로 맛동산을 보내줬다. 코끝이 찡. 아끼고 아끼다 먹었다. 나중에 내가 타보니 쇄빙선은 과자가 매일같이 보충되는 곳이긴 했지만, 생각해서 챙겨준 건 아직도 고맙다.

일기를 보니 이때 처음으로 이런 고민을 한 듯하다. "오늘 문득 든 생각. 남극에 온 건 나를 이루는 것 중 극히 일부인데, 타인들에겐 이 타이틀만으로 비춰지지 않을까."

큰 틀에선 지금도 변하지 않은 생각이지만, 귀국하고 시간이 지날수록 나에게서 남극이 차지하는 부분이 커져가는 것 같다. 분명 귀국 직후엔 별거 없다고 생각했는데, 이젠 비가 오나 눈이 오나, 춥거나 덥거나, 노을이나 무지개를 보거나, 뭘 먹을 때조차 문득문득 남극이 떠오른다.

남극의 하루 일과

05:30~06:00	기상 및 출근
06:00~07:20	아침식사 준비
07:20	아침식사
08:00	야외 활동 팀 샌드위치 제작
08:20~09:00	회의 및 뒷정리
10:00~12:30	점심식사 준비
12:30~15:00	점심식사 및 뒷정리
16:00~18:30	저녁식사 준비
18:30~20:00	저녁식사 및 뒷정리

평일 시간표다. 세 명이서 100인분 혹은 두 명이서 80인분을 준비할 때와 나중에 서른 명 남짓한 인원의 식사를 준비할 때가 다르지만, 힘들어 보이려고 바쁜 날을 적었다. 첫 한 달은 주 7일 내내 쉬는 날 없이 저 시간표대로 일했다. 나중에 쉬는 날이 생기고 사람들이 나가며 근무 시간이 줄어들긴 했어도, 주당 80시간 가까운 육체노동은 학교 다니다 온 대학생에게 3일 만에 엄마를 찾고 고향을 떠올리게 만들었다. 일에 적응하지 못해 힘들어하는 내 몫까지 하느라 조리장과 다른 조리 보조 분이 고생이 참 많았다. 나올 때까지도 과연 일에 적응했나 싶긴 하지만, 바빴던 한 달 동안은 심심하거나 지루할 틈이 없어서 나중엔 약간 그리울 정도였다.

쉬는 날에는 저녁만 준비했는데, 그래도 아침과 점심 챙겨 드시는 분들을 위해 밥과 김치 등 간단한 반찬은 준비해놓았다. 저녁 시간 전까지는 산책을 가거나 영화 감상, 독서, 악기 연주, 게임 등이 주 일과였다. 영화는 수십 편을 봤고, 책은 열 권 좀 넘게 읽었다. 친구에게 영화 추천을 부탁했더니 〈타이타닉〉을 말하기에 "배 타고 나가는 사람한테 꼭 그런 걸 추천해야겠냐" 하고 핀잔을 주기도 했다. 드럼도 처음 배워봤고, 피아노도 새로운 곡을 세 곡 정도 연습했다. 써놓고 보니 한국에서의 생활과 큰 차이가 없는데 그때는 왜 그리 심심하고 힘들었는지. 모든 야외 활동은 2인 이상이 원칙이기에 나가려면 누군가를 설득해야 했는데, 사실 맘만 먹으면 언제든 나갈 수는 있었다. 스무 명 중 한둘이라도 나가고 싶어 하는 사람은 있기 마련이기에 가능한 일이다. 기지 중앙의 식당을 어슬렁거리다 보면 누군가에게 설득당해 어느새 거울 속에서 선크림을 바르며 나갈 채비를 하는 자신을 보게 된다. 여러 번 와본 분들은 본인만의 코스로 이끌어주시기도 하고, 근처 독일 기지까지 동네 한 바퀴를 돌고 오다 해표와 펭귄을 발견하거나 바다와 얼음을 바라보며 한참을 앉아 있기도 했다.

원래 업무와 상관 없이 모든 사람이 함께해야 하는 일도 있다. 쇄빙선에서 온 물품을 옮기고, 크리스마스트리를 꾸미고, 해빙 위에 만든 다리를 철거하고, 윷놀이와 족구를 하는 등의 일이다. 쇄빙선에서 1년 치 식량을 받고, 창고를 정리하며 1톤도 넘는 고기와 수백 개의 김치 상자, 각종 곡물을 운반하다 보면 남극에서 택배 상하차를 하는 기분이 든다. 그것도 영하 15도에서 하는 상하차. 3월에 받은 추가 보급품은 코로나 위험으로 인해 헬기로 운반하고 소독하는 과정까지 거쳤는데 헬기 바람 때문에 날리는 눈과 모래가 얼마나 아프게 하던지. 한국이었으면 다음 날 몸살이 났겠지만, 기지에 감기가 종식된 지 몇 달이 지났기에 자고 일어나면 말끔한 몸이 좋으면서도 약속할 정도였다. 해빙에 일하러 나가면 해표를 마주칠 때가 많은데, 구경하느라 쉬는 시간이 정말 빠르게 지나갔다. 해표도 우리가 신기한지 마주칠 때마다 서로 한참을 바라보기도 했다. 설날에는 모두가 나와서 수백 장의 전을 부치고, 콩을 불리고 갈고 끓여서 두부도 만들었고 대장님께 세뱃돈도 받았다. 그 외에도 명절엔 족구와 윷놀이, 당구 토너먼트도 진행했는데, 난생처음 배운 당구에 빠져서 시간 날 때마다 연습하러 갔던 것도 즐거운 추억이다.

남극에서 보낸 3대 명절

명절이라고 하기엔 이견이 많겠지만, 그래도 남극에서 객관적으로 특정할 만한 세 날을 꼽자면 크리스마스, 내 생일, 설날을 3대 명절이라 할 수 있다.

크리스마스

제일 처음 맞은 명절인 크리스마스. 일주일 전부터 나무에 전구도 달고 각종 액세서리로 꾸몄다. 어차피 몇 주 있다가 치우겠지만 그래도 분위기는 내면 좋으니까. 트리를 꾸민 날부터는 식사 시간을 알리는 음악도 캐럴로 바뀌었다. 그래, 연말엔 역시 머라이어 캐리지.

성인이 되고부터는 연말의 그 몽글몽글한 분위기를 참 좋아했다. 춥지만 따뜻하고, 거리를 돌아다니면 왠지 모르게 연인이 생길 것만 같은 느낌이 들게 하는 그 분위기. 그렇기에 남극에서 맞이한 크리스마스는 그날 있었던 일보다 한국을 그리워했던 기억이 훨씬 크다. 남극에서 트리를 꾸미면서 내년 크리스마스는 '연인과 함께!'까지는 아니더라도 수많은 인파 속에서 따뜻한 연말 보내기를 기대했다. 정말 평소처럼 그렇게 보낼 줄 알았는데, 코로나 때문에 이렇게 집에만 박혀 있어야 할 줄 누가 알았을까.

식사는 그 주 내내 꽤나 거하게 준비했던 것 같다. 정작 크리스마스 당일 사진은 없는데, 너무 힘들어서 찍을 기력도 없던 게 아닐까 싶다. 일기장에도 계속 "빡세다" 혹은 "빡친다"라고 쓰여 있다.

크리스마스 이틀 전엔 강풍이 불었다. 최대 순간 풍속 초속 25미터. 온전히 서 있기 힘든 수준이다. 늘어난 몸무게가 도움이 될 때도 있구나.

집에 각종 케이크, 빵, 과일과 슈톨렌을 주문해서 보냈다. 다행히도 크리스마스 당일에 도착했는데, 쓸 곳이 없어 통장의 숫자일 뿐이던 돈의 참맛을 잠깐 느꼈다. 일기장엔 이렇게 쓰여 있다.

"내가 가는 게 제일 좋았겠지만, 그래도 좋아하시니까 좋았다. 정말 행복했다. 내가 번 돈으로 사드린 선물에 저렇게 감동하시다니. '돈으론 행복을 살 수 있어, 역시'라고 생각했다가 역시 그 생각하는 마음과 정성이 아닌가 싶다."

음, 저때까진 순수했네. 어떤 행복은 돈으로 살 수 있는 것 같은데, 확실히.

그리고 좀 웃긴데, 크리스마스 당일에 토플 공부를 시작했다. 리딩 열네 개를 아주 피곤한 상태에서 풀었는지 생각보다 낮은 정답률이 나왔고, 그래도 처음 공부에 이 정도면 괜찮다는 정신 승리를 했다. 그리고 귀국할 때까지 다시는 토플 책을 펼쳐보지 않았다. 아니, 오늘까지 363일 동안 열어본 적이 없다.

생일

만 23세에 남극에 왔는데, 한국 나이로도, 만 나이로도 한 살을 더 먹고 가게 됐다. 사실 남극에서 맞이하는 생일이라고 해서 큰 기대를 하지는 않았다. 앞서 월동대의 생일 파티를 몇 번 보기도 했고, 어차피 나는 파티를 위한 요리를 하는 사람이니까. 내 생일 음식을 내가 하겠구나, 정도? 그리고 한국에 없어서 그간 뿌린 생일 선물 수금이 어렵겠구나 하는 아쉬움까지. 뭐 인생이 기브앤드테이크는 아니지만 아쉬움이 하나도 없다고 하면 거짓말이지.

그런데 이게 웬일. 남극 시간에 맞춰 12시에 땡 하고 축하를 해준 사람들부터, 하루 종일 엄청난 축하 메시지를 받았다. 아마 그전 두 번의 생일을 합친 것보다 더 받았을 거다. 한국 가면 쓰라고 기프티콘도 받았고, 심지어 가족을 위해 집으로 귤을 선물해준 사람까지 있었다.

생일 음식도 빼놓을 수 없지. 고기를 좋아하는 날 위해 아침엔 쇠고기 듬뿍 미역국, 점심엔 닭다릿살 스테이크와 버펄로윙, 저녁엔 티본스테이크가 메뉴였다. 어차피 내가 만드는 거긴 해도 내가 좋아하는 것들만 있으니 어찌 행복하지 않을쏘냐. 하지만 그 모든 육류를 뛰어넘는 음식이 하나 있었다.

살면서 기억에 남는 음식을 꼽으라면 꼭 들어갈 남극의 배추전. 생일 즈음해서 향수병이 도지기 시작했는데, 배추전이 그~렇~게 먹고 싶었다. 혜화역 근처에 있는 막국숫집에서 먹은 배추전. 하지만 남극엔 배추가 없다. 그래서 체념하고 있었는데 먹고 싶은 음식을 묻던 조리장이 배추전 얘기를 듣고 잠시 생각하더니… 손수 김치를 한 장 한 장 씻어서 배추를 창조해냈고, 결국 아주 맛있는 배추전을 만들어줬다. 먹으면서 울 뻔했다. 그 막국숫집의 분위기와 같이 갔던 사람들이 떠오르고 조리장의 정성과 마음에 감동을 받았다. 와, '배추전'이라는 단어만 몇 번을 말하는 건지, 그만큼 강렬한 인상의 음식이었다는 뜻이다. 써놓고 보니 별거 아닌 거 같지만, 하루 세 끼를 준비하는 입장에서 밥하기도 바쁜데 김치를 한 장 한 장 씻고 부침가루 입혀서 지져내는 수고를 해줬다는 건 정말 어마어마한 거다.

남극에서 받은 선물도 잊을 수 없다. 생일이라고 통신대원이 전지 사이즈의 포스터를 만들어줬다. 남극과 아이유와 나를 합성한…. 왜 아이유냐고? 나도 통신대원도 팬이라서 그렇다. 대장님께 글렌피딕도 선물받고, 다른 분들께도 각종 기념품과 선물을 받았다.

생일 이틀 뒤엔 극지 적응 훈련으로 밖에서 텐트도 치고, 다음 날엔 등산도 다녀왔다. 분명 30분이면 간다고 하셨는데 한 시간 15분이 걸렸다. 5분만 가면 된다는 얘기를 다섯 번도 더 들었다. 정말 정말 정말 힘들었지만, 정상에서 본 풍경은…. 사진과 영상으론 다 못 담겠지만, 말로는 좀 표현이 될 것 같다. 하지만 그걸 다 말해버리면 가본 사람과 안 가본 사람의 차이가 없어지잖아? 온통 하얗고 파란 와중에 구름 그림자가 근사했고, '가슴이 웅장해진다', '가슴이 벅차다'와 같은 말의 사전적 정의에 들어가면 알맞을 풍경 정도라고만 해두겠다.

남극에서 등산을 하면 장점 두 가지가 있다. 첫째는 물을 챙겨갈 필요가 없다는 것이고, 둘째는 내려올 때 무릎에 무리가 없다는 것이다. 목마르면 눈을 퍼서 먹으면 되고, 내려올 땐 썰매처럼 누워서 내려오면 되기 때문이다. 남극에서 썰매 타보신 분? 유니버설 스튜디오와 에버랜드, 롯데월드 다 포함해 남극 썰매는 톱 3 어트랙션이다. 오래 타면 엉덩이가 축축해지는 게 단점이지만. 기지에 돌아와 씻으면서 보니 몸무게가 0.5킬로그램이나 줄어 있었다. 정말 고된 등산이었나 보다.

아참, 저때쯤 있었던 기억에 남는 일화 하나. 식기세척기가 고장 나서 제조사에 전화를 했다.

"지역 서비스센터에 문의하시면…."

"여기가 남극이라서 그런데 다른 방법이 없을까요?"

"지역 서비스센터를 찾아주시면…."

"아니, 여기가 남극이라니까요."

"가장 가까운 서비스센터에 문의하시면…."

이처럼 믿지 않거나 장난전화인 줄 아는 분들이 종종 있다. 하긴, 내가 식기세척기 회사 직원이어도 뭔 소린가 했을 것 같다.

설날

설날 며칠 전부터 설맞이 당구 토너먼트 대회가 열렸다. 난 생처음 배운 당구에 재미가 들려 하루에 두 시간씩 연습했다. 초구 잘 치는 법부터 스리쿠션까지 당구 선배님들께 개인 과외도 받았다. 초보는 30만 되면 이겼기에 두 판인가를 이기고는 우승까지 넘봤지만, 같은 초보인데 신동이라 스리쿠션을 밥 먹듯이 하시는 30인 분을 만나 안타깝게 졌다. 덕분에 심심하지 않았던 한 주였다.

설 전날엔 이탈리아 기지에서 우리 기지를 방문하기로 했는데, 바람이 심해서 취소됐다. 몇 시간 동안 다양한 요리를 준비했는데…. 그래도 뭐 형님들이 드시고 내가 먹었으니 됐다. 전날 아침부터 모여서 차례상에 올릴 두부를 만들었는데, 다 실패해서 콩가루를 뭉쳐놓은 흰색 덩어리가 탄생했다. 그래도 차례상에 제대로 된 두부가 있어야 하지 않겠느냐며 K-루트 팀 중 한 분이 밤새 고생하신 결과 제대로 된 두부를 얻을 수 있었다. 오후에는 다 같이 전도 부치고 설 음식도 준비했다. 모든 대원이 나와서 전을 수백 장씩 부치는 모습은 장관이었지만, 나도 설 음식 만드느라 바빠서 사진을 못 찍어둔 게 아쉽다.

설 당일, 차례상을 차리고 세배하고 대장님께 세뱃돈도 받왔다. 아직 환전 못한 호주와 뉴질랜드 돈. 윷놀이도 했는데, K-루트 팀과 월동대 OB, YB 세 팀으로 나누었고, 내가 속한 YB 팀은 1등을 하지 못했다. 1등에게만 상금이 있었는데….

날씨가 괜찮아서 저녁엔 이탈리아 기지를 방문했다. 한국 명절인 설날에 타 기지를 가다니 묘했지만 아무튼 좋았다. 게다가 우리가 갔던 토요일이 피자 데이(pizza day)라서 온갖 종류의 피자를 맛볼 수 있었다. 언제 또 본토 피자를 먹어보겠느냐는 생각에 피자만 열두 조각은 먹은 것 같은데, 그중 제일은 가지 피자였다. 처음 마주했을 땐 '아니, 왜 가지를 피자에 올리지' 싶었는데, 구운 가지가 맛있다는 걸 아는 사람이라면 이미 기대했을지도 모르겠다. 나는 호기심으로 도전해본 거였는데, 너무 맛있어서 놀랐다. 다른 피자가 좀 짰던 이유도 있지만…. 가장 먹기 힘들었던 건 안초비 같은 게 올라간 피자였는데, 비렸는지는 기억나지 않지만 무지하게 짰다. 사실 가장 기대했던 건 아이스크림이었다. 젤라토 기계가 있다는 소문도 있었는데, 젤라토인지는 모르겠지만 레버를 당기면 쭉쭉 나오는 소프트아이스크림 기계가 있긴 했다. 기대만큼 맛있진 않았지만, 얼마 만의 소프트아이스크림인지. 에스프레소의 본고장답게 커다란 커피 기계도 있었는데 호기

롭게 한 잔 내려 마셨지만 역시 엄청 썼다. 원래는 설탕을 잔뜩 넣어서 먹는 거라고…. 아포가토를 해서 먹을걸!

기지 한편엔 기지가 처음 건설된 1983년 당시의 건물이 남아 있어서 구경도 했다. 마침 이탈리아 기지에 대한 인상은 일기장에 이렇게 쓰여 있다.

"마리오 주켈리! 오래된 거치곤 내부는 좋았다. 외국인 냄새. 유쾌한 사람들…. 피자, 맥주, 디저트, 커피. 재밌었다. 외국인에 둘러싸인 건, 그러면서 밥 먹는 건 거의 처음 같은데. 이방인이라는 기분."

흠, 지금 생각해보니 둘러싸여 밥 먹은 건 외국 나갈 때마다 있었던 것 같은데, 왜 저런 기분이 들었을까?

설 다음 날엔 한국 축구 팀 경기가 있어서 치킨을 먹으며 중계를 봤다. 형님 중 한 분이 배워온 비법으로 만든 치킨이었는데, 정말 맛있었다. 기지 인터넷을 다 차단하고 중계만 연결했는데도 공이 보일락 말락 했지만 그냥 그 분위기와 상황이 좋았다.

내가 남극을 나온 뒤에도 많은 명절이 있었지만, 가장 궁금한 건 동지(Mid-Winter Day)다. 월동 생활의 절반이 지났음을 자축하고, 길어질 낮을 기대하는 날이다. 세종과학기지처럼 주변에 여러 기지가 모인 곳은 돌아가면서 남극 올림픽을 개최한다. 얼른 월동대를 다시 만나 그날의 이야기를 듣고 싶다.

아라온이요? 내가 먹어본 김치 중 최고였어요

"날씨가 좋으면 12마일까지도 보입니다."

"앗, 바다라 훨씬 멀리까지 보일 줄 알았는데, 아니네요?"

"멀리 가면 배가 수평선 밑으로 사라지니까요."

"아, 맞네요. 지구가 둥글다는 걸 깜빡했어요."

지구가 둥글다는 사실은 머리로는 잘 알고 있지만, 평범한 일상에서는 그것을 확인할 만한 상황도, 특별히 고려할 필요도 없었던 터라 자꾸 잊어버리게 된다. 이렇게 쇄빙선을 타지 않았다면 굳이 되새겨보지 않았을 진리랄까. 하지만 이런 특별한 경험도 '김치'를 만난 감격에 비하면 아무것도 아니었다.

한국에 있을 때는 거의 먹지 않지만 이상하게 외국만 나가면 생각나는 음식, 바로 김치다. 남극에서는 냉동 김치(쇄빙선으로 공수되는 김치는 냉동 상태로 온다)를 해동한 것이긴 해도 배추김치, 갓김치, 열무김치, 겉절이 등 다양한 김치를 먹었기에 사실 김치에 대해 별 생각이 없었다. 배에 타기 전까지는. 하지만 쇄빙선 탑승 첫날, 저녁식사를 하는데 생김치가 나왔다. 5개월 만에 보는 생김치. 처음에는 평소 양만큼 조금 덜어놓았는데, '세상에나! 김치가 이렇게 맛있는 음식이었나' 싶었다. 그날의 주요리가 쇠갈비였는데, 이건 오히려 조금 먹고 김치만 한 접시 넘게 먹었다.

아이스크림과 각종 과자, 빵 등이 무료라는 것도 빼놓을 수 없다. 빠삐코가, 설레임이 얼마나 맛있는지 아는가? 거북알을 좋아하는 나로서는 정작 한국에선 1년에 하나 먹을까 말까 한 아이스크림이다. 하지만 반년 만에 혀를 간질이며 사르르 녹는 차가운 느낌을 만나면 그 자리에서 서너 개를 해치우지 않고는 버틸 수 없다.

쇄빙선은 영어로 아이스브레이커(icebreaker)다. 한자로도, 영어로도 말 그대로 '얼음을 깨는 배'라는 뜻이다. 내가 탄 쇄빙선 아라온은 길이가 100미터 정도 되는 7500톤짜리 배다. 1미터 두께의 얼음을 깨고 항해할 수 있고, 각종 탐사와 연구 장비를 갖추고 있어 기지 보급과 인원 수송, 남극 연구에 큰 도움이 된다. 나는 2020년 3월 21일부터 4월 29일까지 40일간 이 배에 탑승했다. 연구 활동으로 열흘 정도 남극 근처 바다에 머물다가 뉴질랜드에서 보급을 받으며 함께 탔던 외국인(이탈리아 기지 사람들, 헬기 조종사 및 엔지니어)을 내려줬다. 그 후 태평양을 거쳐 적도를 지나 파푸아뉴기니를 들렀다가 한국에 왔다.

쇄빙선 위의 삶은 자유 그리고 그에 따른 책임이라고 할 수 있다. 일을 하지 않으니 하루 종일 하고 싶은 걸 하면 된다. 그리고 책임. 갑판에 나가서 바다를 구경하다 보면 '여기 빠지면 어떻게 되지?'라는 생각이 절로 드는데, 항해사 분께 여쭤보니 각자도생! 자기 목숨은 자기가 챙겨야 한다고 하셨다. 너무 매몰찬 대응이 아니냐고 반박할 수도 있겠지만, 빠져도 바로 알기 힘들고, 얼음이 떠다니는 바다에 빠지면 급격한 체온 저하로 몇 분 안에 죽게 될 테니까 이해하지 못할 것도 아니다. 물론 파도가 높거나 날씨가 좋지 않을 때는 갑판 출입문이 잠기고, 갑판에서도 상체를 전부 바깥으로 내밀지 않는 이상 바다에 빠질 가능성은 매우 희박하기 때문에 걱정할 필요는 없다. 그냥 이걸 읽는 사람들을 겁주고 싶었다. '쇄빙선', 발음만 들어도 으스스하니까.

남극 근처에서는 배가 많이 흔들려 숙면을 취하지 못했다.

날씨가 그리 나쁘지 않을 때도 마찬가지였다. 중간중간 잠이 깨고 다시 잠들기도 힘들었다. 처음에 쓰던 방은 온돌방이라 매트리스를 펴고 잤는데, 아침에 일어나 보면 나 혼자 벽에 붙어 있거나 방 한가운데를 표류하고 있었다. 일기엔 "어젯밤에 두 번이나 깼고 쉽게 잠들지 못했다. 침대가 1미터씩 밀리고 건조대가 무너지고…. 일어나서 가습기 물 다 빼고 코드 뽑아놨다"라고 쓰여 있다. 나중에 옮긴 방에는 고정된 침대와 그 위에 가림판이 있어서 굴러떨어질 염려는 없었다(돌이 켜보니 이 나이 먹고 아기 침대에서 잔 것 같은 기분이다).

배가 전후좌우로 10도씩 기우는데 각도기로 보면 10도가 무슨 대수냐 싶지만, 이는 곧 10분 간격으로 중력이 극감하는 것을 느낄 수 있다는 말이다. 서서 타는 롤러코스터 혹은 순한 맛 디스코팡팡에서 걷고 자고 먹는다고 생각하면 된다. '순한 맛이면 할 만하겠네' 싶은 마음은 짧게는 30분, 길게는 열 시간씩 탄다고 생각하면 말끔하게 사라질 것이다. 그래서 모든 통로에 손잡이가 있고 냉장고에는 문 고정 장치가 있다. 3층에 있는 방에서까지 파도가 보이고 파도가 창을 때리는 소리를 듣고 있으면 물속에 있는 '기분'까진 아니고, 좀 시끄럽다. 물론 신기하긴 하다, 며칠 동안은. 게다가 약하게나마 멀미까지 하는 나에게는 선상 생활이 쉽지만은 않았다. 멀미약을 먹고 난생처음 키미테까지 붙이고도 식사 시간 외에는 항상 침대에 누워 있었다. 상반신을 일으키는 순간 바로 멀미가 시작됐기 때문이다. 이와 관련해서 놀라운 사실 두 가지가 있다. 하나는 내가 남극 바다를 지나갈 때는 무난한 날씨여서 그 정도로만 배가 흔들렸다는 것이다. 심할 때는 20도씩도 기운다고 한다. 나머지 하나는 얼음을 깨고 갈 때가 훨씬 평온하다는 사실이다. 얼음을 뚫고 가느라 시끄럽긴 하지만 적어도 디스코팡팡을 탄 기분은 나지 않았다.

뉴질랜드부터는 태평양이라는 이름에 걸맞게 바다가 매우 고요했고, 멀미도 며칠을 제외하곤 거의 하지 않았다. 식사와 책 읽기, 드라마 시청이나 영화 감상이 하루 일과의 전부였지만, 해 질 녘 갑판에서 보는 노을은 매일 봐도 어찌나 새롭고 아름답던지, 지루한 하루 중 가장 좋았던 시간이었다. 남위 20도부터는 꽤 더웠는데, 내 방이 에어컨이 약해서 얼음물을 껴안고 지냈다. 그래도 바다 색깔은 정말 아름다웠다. 바다의 이데아를 봤다고 할 만큼.

돌고래도 두어 번 봤는데, 노을빛을 등지고 서너 마리가 수면 위로 점프하는 모습은 마치 영화의 한 장면을 보는 듯했다. 비록 지느러미만 봤고 그것마저 영상으로 남기지도 못했지만…. 그런데 사실 내가 등에서 물줄기를 푸솨솩 내뿜는 혹등고래를 봤다고, 하지만 바로 들어가서 사진은 못 찍었다고 해도 여러분은 믿는 수밖에 없을 것이다. 바다 위를 날아다녀 처음에는 새인 줄 알았던 날치를 보게 된 것도 행운이었다. 날씨 좋은 날 밤에는 수많은 별도 보고, 육지 근처에서는 밤새워 기다렸다가 일출을 봤던 추억도 있다.

쇄빙선을 타고 비구름 가운데를 지나던 일은 매우 특별한 경험이었다. 바다에서 비 맞은 게 뭐 대수냐고 할 수도 있지만, 배 한쪽에는 비가 오고 다른 쪽에는 오지 않는 상황을 맞닥뜨리게 된다면 누구나 놀라지 않을까. '대체 비는 어디서 시작해 어디서 끝나는 걸까. 그 경계에 서보면 참 재미있겠다. 몸 반쪽은 젖고 나머지 반쪽은 그대로고.' 어릴 적부터 이런 생각을 해오던 나에게 저 멀리 보이는 비구름과 그쪽을 향해 가는 배는 마침내 꿈을 실현해줄 기회처럼 보였다. 비구름에 가까워지자 배 앞쪽에 비가 내리더니, 잠시 후에는 배 오른쪽만 비에 젖고 통로 건너 반대편은 거의 비에 젖지 않았다. 비록 몸 반 젖기 실험은 하지 못했고 몇 분 후에는 왼편에도 비가 왔지만, 내 인생에서 절대 잊지 못할 순간이었다. 앞으로도 평생 비를 볼 때면 그때가 종종 생각날 것 같다.

4월 20일, 우리는 파푸아뉴기니에 들러 선원 25명을 태우고 다시 출항했다. 코로나바이러스 예방을 위해 이들이 사용하는 공간도 2데크로 한정되었고 식사 시간 및 동선 차별화, 선내 마스크 착용 의무화 등 엄격한 규정이 적용되었다. 기존 탑승자들의 생활에는 큰 변화가 없었지만, 체육관 사용이 금지되고 혹시나 하는 걱정 때문에 더 많은 음식으로 건강을 보충하다 보니 몸이 불어나는 것이 느껴질 정도였다.

한국 땅을 밟으며 육지 멀미를 기대했으나 다섯 시간 걸려 집에 도착할 때까지도 너무나 편했다. 하지만 새벽 2시에 샤워를 하고 누웠는데 갑자기 멀미가 시작됐다. 심한 정도는 아니었으나 시야에 있는 모든 게 흔들리고 내가 누운 자리도 흔들리는 느낌이었다. 마치 배에 있는 것처럼 바닥 전체가 출렁였는데, 화장실에선 더 심해져서 변기 앞에 설 때마다 손잡이를 잡아야 했던 배 안에서의 생활이 떠오를 정도였다.

남극에 대한 여덟 가지 오해

1. 엄청 춥다.
2. 그래서 바이러스가 못 산다.
3. 눈이 자주 온다.
4. 펭귄 먹어요?
5. 펭귄 맛있어요?
6. 펭귄은 귀엽다.
7. 통조림만 먹고 산다.
8. 남극에선 오로라가 잘 보인다.

이번 글에서는 남극에 대해 내가 가졌던, 혹은 주변에서 질문받았던 내용을 토대로 오해와 진실을 정리해보려고 한다. 다만, 나는 장보고과학기지에 2019년 11월부터 2020년 3월까지만 있었다. 남극의 다른 공간과 시간은 경험하지 못했기에 어느 정도 한정된 경험을 토대로 한 것임을 밝힌다.

1. 엄청 춥다.

맞는 말 아니냐고 할 수도 있지만, 반만 맞는 말이다. 적어도 12월엔 서울보다 따뜻했다. 서울이 영하 10도였을 때 남극은 영상이었다. 일 최고기온 순위를 보면 영상 7.9도를 찍은 적도 있고, 내가 있었던 시기도 영상으로 올라간 적이 꽤 있었다. 그리고 실내는 발전기 폐열로 난방을 하는데 25도 정도로 무척 따뜻하다. 가기 전엔 선풍기 챙겨간다는 분을 이해하지 못했으나 도착하고 나서야 그분의 선견지명에 탄복했다. 물론 추울 땐 정말 춥다. 남극의 겨울은 영하 30~40도 정도 되는데, 여기에 바람이 초속 20~30미터로 불어오니 체감온도는 영하 60도 밑으로 떨어진다. 풍속의 극값은 초속 41미터가 넘고, 바람이 심할 때는 영하 10도만 되어도 장갑을 벗으면 30초 만에 손가락이 떨어져나갈 것 같다.

2. 그래서 바이러스가 못 산다.

"남극엔 바이러스가 못 산다면서?" 이건 나도 어디서 들어봤고, 가장 많이 들었던 질문이기도 하다. 그런데 장보고과학기지에 내가 처음 갔을 때는 3주 정도 감기가 유행해서 다들 콧물을 달고 살았다. 아니, 이게 무슨 일이람? 사실 여름엔 기온이 그리 낮지도 않고, 특히나 실내는 20도가 넘기 때문에 만약 외부에서 감기에 걸린 사람이 들어온다면 옮길 가능성이 다분한 것이다. 그런데 외부인 유입이 없다면 감기가 한번 유행한 후 다시는 감기가 돌지 않는다. 주변에 숙주가 될 만한 동물도 많이 없고. 그래서 나중엔 영하 15도에 상하차를 하고 밖에서 홀딱 벗고 있어도 감기에 걸리지 않았다. 아무리 춥고 콧물이 나고 몸이 무거워도 자고 일어나면 말끔한 몸 상태가 된다. 다만 동상이 걱정될 뿐. 물론 영하 60도인 남극점 근처는 바이러스가 아예 못 사는 환경이긴 할 것이다.

3. 눈이 자주 온다.

이건 내 오해인데, 남극에서는 하루 걸러서 눈이 펑펑 내릴 줄 알았다. 그러나 첫 3주 동안 쌓인 것 외에 내리는 눈을 구경하지 못해서 놀랍고 실망스러웠다. 오죽하면 첫눈이 왔다고 신기해서 일기에까지 써놨을까.

"눈이 왔다. 일종의 첫눈이랄까. 예뻐서 울컥. 망원경으로 보면 영화 속 한 장면 같다."

장보고과학기지를 검색하면 나오는 사진에 하얀 것들은 뭐냐고 할 텐데, 적어도 내가 있던 기간엔 내린 눈보다는 어딘가에서 날아와 쌓인 눈이 훨씬 많았다. 많이 쌓이면 문이 안 열려서 당직 서다가 갇히는 경우도 있었다. 앞에서도 말했지만, 남극은 한랭사막이다. 사막과 함께 세상에서 제일 비가 안 오고 건조한 곳.

4. 펭귄 먹어요?

되게 잔인한 생각이라고도 할 수 있는데, 이건 어린이와 화상통화를 하면 꼭 나오는 질문이다. 일단 먹을 게 펭귄 말고도 많아서(해표를 먹는다는 말은 아니다) 굳이 힘들게 야생동물을 사냥할 필요가 없고, 또 20세기 초 섀클턴이나 아문센 탐험대처럼 생존을 위해서가 아니라면 잡아먹으면 안 된다.

5. 펭귄 맛있어요?

가끔 위의 질문을 건너뛰고 바로 이 질문부터 하는 경우가 있는데(먹는 건 당연하다고 생각하는 건지), 먹어보지 않아서 맛을 모르겠다. 조류니까 조류의 맛이 나고 야생동물이니 향이 강하지 않을까.

6. 펭귄은 귀엽다.

논란이 되겠지만, 실제로 보면 생각보다 귀엽지 않다. 기대가 너무 컸던 탓도 있겠지만, 일단 펭귄도 새다 보니 모여 있는 데선 닭똥 냄새가 진동한다. 그리고 회색에 보송보송한 새끼 황제펭귄도 털갈이 직전엔 꽤나 크기 때문에 그렇게 귀엽지 않다. 키가 1미터 이상인 조류를 마주하면 기분이 묘한데, 그것도 수십, 수백 마리라면 묘한 것 이상이다. 냄새가 많이 나는 것도 있지만, 정말 난생처음 본 동물이기에 신기함과 놀라움이 귀여움을 넘어서는 것도 그 이유 같다. 오죽하면 내가 제3전공에 넣은 경영학을 생물학으로 바꿔 펭귄 연구 팀에 들어가고 싶다고 생각했을까. 한편 아델리펭귄은 정말 크리피 하게(오싹하면서 이상하게) 생겼다. 눈동자 주변의 하얀 것이 흰자위가 아니라 털이라는 걸 알게 된 순간부터 굉장히 이상하게 보였다. 아장아장 뛰는 건 귀여워 보이긴 하지만. 그런데 또 한국에 와서 영상이랑 사진을 다시 보면 그렇게 귀여울 수가 없다. 사진발 정말 잘 받는 친구들이다.

7. 통조림만 먹고 산다.

이건 영화 〈남극의 쉐프〉 때문에 생긴 오해인 것 같다. 나도 남극에 가면 통조림이랑 인스턴트식품만 먹고 살아야 되는 거 아닌가 걱정했는데, 하계 연구 팀으로 오셨던 분이 평균 4킬로그램 정도는 쪘다며 불평할 만큼 먹는 건 잘 먹었다. 대게, 로브스터, 전복, 티본 · 안심 스테이크, 양갈비 등등. 다만 4월부터는 채소나 과일 같은 신선 식품이 귀해지긴 하는데, 온실이 있어서 상추는 월동대가 샐러드를 해서 먹을 정도는 자체 수급이 된다.

8. 남극에선 오로라가 잘 보인다.

'오로라는 예쁘다'로 하려다 참았다. 극지방이면 다 오로라가 잘 보일 줄 알았는데, 장보고과학기지가 있는 곳 근처에서는 잘 보이지 않는다고 한다. 그래도 기지를 배경으로 한 멋들어진 오로라 사진이 있기에 기대했다. 오로라를 본 형이 별거 없다고 해도 "그래도 본 게 어디냐, 배부른 소리 하지 마라" 하며 성을 낸 적도 있다. 결국 기지에 있을 때는 보지 못했지만, 쇄빙선이 며칠 더 남극 근처에 머무니 날이 맑을 땐 배 위에서 오로라를 볼 수 있으리란 기대를 했다.

매일 밤 추위를 무릅쓰고 밖에 나간 끝에 결국 마주했다.

그때의 느낌을 한 문장으로 표현하자면 "별거 없지만 그래도 본 게 어디냐"라고 할 수 있겠다. 정말 별거 없었다. 아니, 맨눈으로 보면 저게 오로라인지조차 의심스러웠다. 흐리고 뿌연 안개나 구름같이 보였다. 카메라로 찍어야 흑백이 아닌 초록과 주황의 컬러로 나왔는데, 흔들리는 배 위라 그마저도 희미했다. 같은 날 기지에서 찍은 걸 보니 그래도 '우와' 할 정도의 멋진 사진이라 배가 아팠지만, 맨눈으론 안개 같았다는 말에 질투가 사그라졌다.

남극이 별거 아니라는 생각은 귀국한 뒤엔 바뀌었지만 오로라가 별거 아니란 건 여전하다. 물론 맨눈으로 풀 컬러 오로라를 본다면 당연히 아름답겠지. 하지만 내가 본 건 안개 같아서 별로였다고 아무리 설명해도 사람들은 "그래도…" 하며 여전히 부러워한다. 진짜 별론데 다들 '우와' 하니까 "난 오로라를 봤다! 너넨 못 봤지!"라고 하면서 대단한 것처럼 말하고 자부심을 가져야 하나 싶을 정도다. 하지만 나도 먼저 보고 그런 말을 한 형에겐 분노를 느끼기까지 했으니 이해는 간다. 세상은 오로라를 이미 본 사람과 오로라를 보고 싶은 사람으로 나뉜 기분인데, 아무튼 난 오로라를 봤으니 됐다.

※ 번외

북극곰은 남극에 살지 않는다. 가끔 북극곰을 보고 왔느냐는 말을 듣기도 하고, 아예 북극에 다녀온 걸로 기억하는 분들도 계신다. 북극곰이 남극에 산다면 펭귄에겐 천적이 늘어나는 셈이니 약간은 슬플 것 같다.

남극의 초고속 인터넷은 7500배

느리다, 한국보다.

당연하면서 신기하게 남극에서도 인터넷이 된다. 초당 2메가비트 속도인 인터넷을 20~100명이 사용하기에 속도는 상상 이상으로 느리다. 이론상으론 한국에서 LTE 평균 속도가 초당 150메가비트니까 대략 1500~7500배 정도 느린 거다. 인터넷 뱅킹으로 월급을 확인하는 데만 30분이 걸렸고, 말로만 듣던 모뎀 시절 이미지가 한 줄씩 뜨는 것도 경험해봤다. 유튜브는 꿈도 꾸지 못하고, 음악 스트리밍도 10분 기다리면 3분짜리 곡을 들을 수 있는 수준이었다.

휴학을 신청할 때 남극에 갈지 확실하지 않은 상태라 한 학기만 신청해놓고 왔다. 그래서 남극에 머무는 중에 휴학을 연장해야 했는데 신청 페이지 접속이 안 됐다. 그렇게 김인태는 제적이 되고 마는 것인가? 아니다. 공적이거나 중요한 일은 양해를 구해 다른 접속을 막고 혼자 인터넷을 사용할 수 있다. 한국 어린이와의 화상 통화, 정부 인사와의 대담, 축구 중계, 연말정산 등이 그 특수한 경우였고, 다행스럽게도 내 휴학 또한 그 범주에 들어갔다. 먼저 통신대원에게 사정을 설명하고 그의 제시대로 총무님께 허락을 받고 오니 나 혼자 초당 2메가비트의 인터넷을 사용할 수 있었다. 그렇게 휴학 신청을 잘 마무리 지었고, 제적되지 않았다. 하지만 그땐 몰랐다. 1년도 더 지난 지금까지 계속 휴학하게 될 줄은….

7500배라니 말만 들어도 답답하지만, 대한민국이 인터넷 강국인 것은 남극에서도 마찬가지인가 보다. 다른 기지에서 온 사람들이 하나같이 휴대전화 보기에 바빴기 때문이다. 주로 뉴스를 확인하거나 고국의 가족과 연락하는 것 같았는데, 저 느린 인터넷조차 남극에선 초고속인 것이다.

유튜브도 못 보고 카페도 못 가고 TV도 없으면 대체 무엇을 하나? 영화나 드라마는 네이버 다운로드를 이용할 수 있긴 하다. 하지만 저 가녀린 인터넷을 영상 다운에 할애해버리면 전체 인터넷 속도가 엄청 느려질 뿐만 아니라, 하루 종일 다운받아도 영화 세 편도 안 되기에 자주 이용할 수는 없다. 어쩔 수 없이 각자 챙겨온 것을 공유하거나 쇄빙선이 올 때 그간 밀렸던 영상을 한 번에 받아야 했다. 드라마를 매주 봐야만 하는 사람들은 쉽지 않은 생활일 수도 있다. 웹툰도 6개월간 강제로 끊게 됐는데, 나올 때쯤에야 앱을 쓰면 훨씬 편하다는 걸 알게 되었다. 하지만 앱을 다운받는 데 오래 걸리고, 6개월 사이에 웹툰에 대한 욕망도 사라졌기에 그대로 한국에 왔다. 그 덕에 20회차 넘게 몰아서 보는 행운을 누리는 건 덤. 고3 이후 정말 오랜만에 느껴보는 짜릿함이었다.

책도 있다. 책은 쇄빙선으로 들어온다. 생각보다 다양한 분야의 신간이 들어왔는데, 여기선 아무도 읽지 않을 것 같은 책도 있어서 놀랐다. 아마 분야별 베스트셀러 순위에 있는 책을 우선적으로 보내주는 것 같았다. 그 덕에 예전부터 읽고 싶었던 한국 현대소설을 접할 수 있었는데, 사실 생각만큼 책을 많이 읽지는 못했다. 퇴근하면 책이 도저히 펴지지가 않는데 어떡하란 말인가. 영화는 수십 편을 봤지만 책은 열두 권 정도밖에 읽지 못했다. 열두 권도 적지는 않아 보이지만, 다른 오락거리가 별로 없다는 것을 생각하면 적은 수다. 쇄빙선에서는 40일 만에 열 권 가까이 읽었는데, 그 세 배도 넘게 있었던 장보고과학기지에서 읽은 게 저거라고 생각하면 대체 뭘 했나 싶다.

영화는 2~3일에 한 편 꼴로 봤다. 얼음을 잔뜩 넣은 콜라와 감자 칩을 먹으며 영화를 보는 것만큼 행복한 일도 없었다. 러닝머신에서 달리면서도 꽤나 봤는데, 살이 많이 찐 걸 보면 역시 다이어트는 식단이 70퍼센트인가 보다. 웬만한 명작은 다 봤고, 가벼운 오락영화부터 무겁고 철학적인 영화까지 언젠가 보고 싶었거나 궁금했던 영화를 잔뜩 봤다.

그리고 12월에 쇄빙선과 함께 각종 악기가 들어왔다. 그 중 내가 애용했던 것은 피아노와 드럼이다. 61키지만 피아노가 생긴 것만으로도 감지덕지였다. 첫날엔 손가락이 아파서 10분 치다가 그만뒀고, 그 뒤로도 한동안 자주 치지는 않았다. 너무 오랜만에 치는 피아노라 새로운 곡을 연습해도 효과가 없었고 삶이 덜 무료했기에. 하지만 1월로 넘어가면서부터는 심심함과 무료함으로 슬슬 미쳐가기 시작했고, 그 정신을 잡아준 것 중 하나가 악기였다. 손이 풀리면서 새로운 곡이 익숙해졌고, 치면서 즐거울 수준까지 올라왔다. 피아노가 지루해지면 드럼도 쳤다. 여러 악기를 다룰 줄 아는 분이 계셔서 레슨도 받고, 각종 정보를 찾아가며, 재밌어서 쳤다. 나중엔 둘 다 필요 없고 그냥 남극을 탈출하고 싶었지만…. 그래도 다른 형님들하고 합주를 했던 건 좋은 추억이다. 어렸을 때 체르니 30까지 클래식 위주로만 배우고 그만둬서 반주는 영 젬병이었지만, 어떻게든 코드랑 박자만 맞춰서 했던 합주였다. 야외에서 영상을 찍자는 얘기도 나왔는데 너무 추워서인지, 어느 순간 다들 악기에 흥미가 떨어져서인지 결국 못하고 나왔다.

당시 내 별명은 장보고의 모차르트. 아마 K루트 팀의 피아노 잘 치는 의사 분이 나가시고 난 후부터였을 거다. 자칭인지 타칭인지 기억도 안 나고, 체르니 30일 뿐이지만 그때는 음악을 저기서 제일 잘 하는 사람이었다. 피아노 손가락 번호부터 드럼 음표 박자까지, 10년도 더 된 피아노 학원의 기억을 끄집어내서 알려드렸다. 진짜 별거 없는 실력인 걸 알기에 또 어리기에 무척 조심스러웠는데, 다들 고마워해주셔서 오히려 고마웠던 기억이다.

피아노는 총 세 곡쯤 연습했는데, 한국에 와서 디지털피아노를 살 정도로 즐거웠다. 드럼도 재밌어서 귀국하면 배우려고 했지만…. 사실 드럼 자체가 재미있다기보다는 밴드에서 드럼이 가장 부족하다는 얘기에 귀가 솔깃했다. 한국에서 휴학 기간 동안 최대한 빠르게 배워서 아무 밴드나 들어가 볼 요량이었다. 쩝. 미술도 배워야 하고 드럼도 해야 하고…. 포부도 참 컸네.

남극에는 없는 것들

길고양이, 아기, 슈크림붕어빵, 야경…. 남극엔 없는 게 정말 많다. 휴대전화 판매점도 없고 안경점도 없기에 비상용으로 하나씩 더 챙겨가야 한다. 당연히 식당이나 카페도 없다. 이런 수많은 없는 것 중에 내가 제일 그리웠던 게 이 네 가지다.

사실 길고양이가 없는 건 당연한데 왜 그리 아쉬웠는지 모르겠다. 한국에선 동네 산책이나 등하굣길에서 항상 볼 수 있기에 내가 남극에 와 있다는 게 믿기지 않았을 때는 꼭 밖에 나가면 어슬렁거리는 길고양이를 만날 수 있을 것만 같았다. 특히 남극에 도착했을 때 기온이 영상 5도 내외라 한국과 비슷한 느낌을 많이 받아서 그랬던 것도 같다.

길고양이뿐만 아니라 동네 철물점의 강아지도 무척 그리웠는데, 아기도 그렇고 문득 내가 그리워하는 것엔 공통점이 있다는 걸 깨달았다. 남극에 없는 건 바로 '귀여운 것'이다. 아니, 그 귀여운 펭귄과 해표를 두고 이게 무슨 망언인가 싶겠지만, 정말 그렇다. 우선 펭귄이 귀엽지 않다는 건 실제로 펭귄을 처음 만난 사람들의 공통된 의견이었다. 사진발은 참 잘 받는 친구들인데. 해표는 귀엽다. 정말. 특히 그 거대한 체구에도 귀여울 수 있다는 것 자체에서 오는 충격 때문에 더 귀엽게 느껴진다. 약간 환상을 깨는 울음소리도 듣다 보면 어느새 귀엽게 들린다. 하지만 가까이 갈 수도, 만질 수도 없기에 아쉬운 건 여전하다. 그에 비하면 길고양이와 강아지와 아기는 어떠한가. 냄새도 안 나는데다 가까이 갈 수도 있고 잘하면 만질 수도 있다! 게다가 물리적 오류가 난 듯한 고양이의 움직임과 아기의 예측 불가능한 행동은 또 어떠한가. 뭐 펭귄도 길을 잃어서 기지 앞으로 오거나 아무런 목적 없이 앞 펭귄을 따라 빙빙 도는 모습을 보면 약간 귀여운 마음이 들긴 하지만.

남극엔 슈크림붕어빵도 없다. 남극에 있을 때 친구들 인스타그램에 종종 붕어빵이 등장했다. 팥을 별로 좋아하지 않는 내겐 슈크림붕어빵 생각이 간절했다. 반죽은 어떻게 굽는다 해도 붕어빵 틀도 없고 슈크림도 구할 수가 없어서 결국 포기했다. 한국에 도착하면 먹기로 했는데 자가 격리가 풀리니 따스한 5월 중순이 되어버렸다. 결국 겨울이 다 돼서야 먹었는데, 뭔가를 먹다가 울 뻔한 건 정말 오랜만이었다. 11개월이나 기다려서 이룬 소원은 내 인생에 몇 없었는데….

그 외에도 그리운 음식이 많았다. 2월부터는 구경하기 힘들어진 신선한 과일이나 채소부터 시작해서 회, 족발, 치킨 등등. 치킨은 축구를 보면서 만들어 먹은 적이 있긴 하지만, 특정 브랜드의 특정 메뉴가 그리운 건 어쩔 수가 없다. 한국이었으면 정말 손쉽게 이룰 수 있는 소망인데, 거기선 소원 수준이 되어버렸다.

또 남극엔 야경도 없다. 야경이 없다는 말은 곧 밤이 없다는 말이기도 하다. 내가 머물렀던 기간 중 11~2월은 여름이라 해가 지지 않았다. 한 달쯤 지내니 하늘이 어둡다는 게 상상이 안 될 정도였다. 친구가 영상 통화로 학교의 야경을 보여준 적이 있는데, 친구한테 계속 "와, 야, 하늘이 까매! 와, 진짜 신기하다! 어떻게 하늘이 까맣지?"라고 했다가 핀잔을 들은 적도 있다. 학교랑 서울시내가 참 아름다웠는데, 태어나서 처음으로 향수를 느꼈다. 한국 밖에서 살아본 게 처음이라 당연한 것일 수도 있지만. 2월 말에서 3월 초쯤 되니 잠깐이나마 완전한 밤이 찾아왔지만, 여전히 퇴근길 정체와 야근으로 만들어지는 야경은 볼 수 없었기에 그런 야경이 그리웠다. 그래서 쇄빙선에서 본 뉴질랜드의 야경은 그 어떤 것보다도 아름다웠다. 문명세계에 도착했다는 생각에 눈물이 흐를 정도였다.

반면 그립진 않았으나 남극에선 익숙해지고 한국에 와서야 체감한 건 남극엔 벌레가 없다는 것이다. 파리나 바퀴벌레는 물론 그 흔한 모기조차 없었다. 사실 자생하는 몇몇 동식물과 인간을 제외하곤 그 어떤 것도 존재하지 않는다는 표현이 더 맞겠지만, 유독 기억에 남는다. 뉴질랜드나 호주에서 온 식재료에서 벌레가 발견되기라도 하면 온 기지를 다 소독해야 한다는 얘길 듣는다면 누구라도 그럴 것이다. 혹시라도 외부에 유출되어 생태계를 파괴할 수 있기에 온실에서 키우는 채소조차 특수 처리를 한 것만 들어올 정도다.

반대로 남극에만 있는 것도 있다. 기지 앞에 하루 종일 누워 있던 해표와 길 잃은 펭귄, 위협적이던 스쿠아(도둑갈매기) 등의 동물도 물론 그립지만, 남극의 환경 자체가 그립다. 하루 종일 해가 떠 있기에 저녁에 퇴근하고도 언제나 볼 수 있었던 빙벽과 얼음이 떠다니다 다시 얼어버린 바다가 눈에 아른거린다. 언제고 빙하를 떼어 와서 위스키를 온더록스로 마실 수 있고, 등산할 때는 물을 챙길 필요 없이 눈을 퍼먹고 내려올 땐 썰매를 타고 오면 되던 그 환경이 그립다. 그리고 미세먼지가 기승을 부릴 때마다 남극의 차갑고 맑은 공기가 정말 그립다. 가끔씩 밤에 잠이 오지 않을 때면(고국이 그리워서라기보다 아마 점심 먹고 낮잠을 자서 그랬을 거다) 통신실 테라스 쪽으로 나가 찬바람을 쐬고 들어와 몸을 노곤하게 만든 후에 잠을 청하기도 했다. 특히 남극을 떠날 때가 가까워지고 이 공기를 마실 날도 얼마 남지 않았다는 생각에 양껏 들이켰던 기억이 난다. 한가득 마시면 코부터 폐까지 차가워지면서 깨끗해지는 것 같은 느낌마저 들게 했던 영하 20도의 밤공기.

직장으로서 남극의 장단점

장점은 이렇다.

첫째는 '남극'이라는 점. 풍경, 희소성, 펭귄, 해표 등등.

둘째는 출퇴근 시간이 1분(방-주방)이라는 점.

셋째는 숙식도 제공해주고 간식도 제공해준다는 점.

넷째는 여유가 많다는 점.

다섯째는 가족 같은 분위기라는 점.

여섯째는 돈 쓸 곳이 없다(인터넷 도박 같은 걸 하지 않는 이상)는 점.

일곱째는 코로나로부터 안전하다는 점.

단점은 이렇다.

첫째는 장점과 마찬가지로 '남극'이라는 점.

카페 가서 커피 마시고 영화관 가서 영화 보고 공원 벤치에 앉아서 사람 구경하는 게 소원이 된다. 체감 온도 영하 35도도 그렇고(겨울엔 영하 60도까지), 사람 살 만한 곳은 아니다.

둘째는 퇴근 후에도 직장 사람들을 계속 마주친다는 점.

사실 마주치는 정도가 아니라 같이 살아간다. '거실에 나가면 상사가 소파에서 TV 보고 있는 느낌'이라는 글을 남극 관련 정보를 찾다가 본 기억도 난다. 물론 사람마다 다르게 느끼겠지만, 나는 괜찮았다. 내겐 정말 가족 같은 분위기였으니까. 막내라고 궂은일을 시키기보단 다들 챙겨주셨고, 나올 때 사진과 함께 롤링페이퍼까지 받았다.

셋째는 돈 쓸 곳이 없다는 점.

돈을 벌면 소비하는 데서 오는 즐거움이 있는데, 그걸 느낄 수가 없다. 내가 사치를 부리는 타입도 아니고 아끼면서 살았지만, 그럴 기회가 아예 박탈되어버리면 힘들 수 있다는 걸 알았다. 아무리 집순이, 집돌이여도 자가 격리되어서 산책조차 못 나가면 온몸이 배배 꼬이는 것처럼 말이다. 엥겔지수가 정말 높았던 사람으로서 고국의 각종 배달 음식과 디저트 같은 것도 못 시켜 먹고, 예쁜 쓰레기 같은 것들도 사지 못하니 돈은 통장에 보이는 숫자로만 느껴진다. 대신 고스란히 모아

나갈 순 있다. 그래서 귀국하면 기부도 해야지 했는데, 즉시 생활비로 빠져나가는 게 보이니까 다시 통장을 단단히 동여매고 적금을 다섯 개 새로 들었다.

남극에서의 단점도 쓰긴 했지만, 나는 쇄빙선에서부터 벌써 그립고 다시 가고 싶을 만큼 좋았다. 1년 지내는 월동대는 쉽지 않겠지만, 5개월 정도면 정말 괜찮다.

남극에 다녀와서 변한 것

"내가 언제 제일 행복해 보여요?"

"평소에도 항상 행복해 보이기는 하는데, 남극 얘기를 할 때 특히 행복해 보이더라."

하긴, 내가 말머리에 "남극에선, 남극에 있을 땐"이란 말을 얼마나 써댔기에 오죽하면 엄마가 "뭐만 하면 남극이래, 얘는"이라는 말을 하셨을까. 뭐 그렇다고 남극에만 다녀오면 인생이 행복해지고 삶의 문제와 고민이 사라진다는 얘긴 아니다.

사실 외모를 빼면 크게 변한 건 없는 것 같다. 내가 바뀐 건 없는데, 나는 그대로인데, 내가 이런 사람임을 증명해주는 확인서가 생긴 느낌이랄까. 사실 안정을 추구하는 성격이라 원래 그런 사람인지도 모르겠지만….

"내가 그렇게 가슴이 없나?"

귀국 후 만난 지인들이 머리를 기른 나에게 "엄마인 줄 알았다"라고 했다는 말을 들은 엄마의 대답이다. 엄마의 유머 감각이란….

"어우, 엄청 터프해져서 오셨네요."

이건 신입생 때부터 종종 가던 카페 사장님이 남극에서 돌아온 나를 보고 하신 말씀이다. 정확하겐 마스크를 벗은 나를 보고.

남극에 다녀와서 한눈에도 확실하게 변했다고 할 수 있는 건 외모다. 몇 년째 유지했던 투 블록을 버리고 앞머리는 인중을, 옆머리는 귀를 덮는 장발을 시도했다. 수염도 단정해 보이려고 매일 면도를 하다가 기지 생활에 조금 적응이 된 뒤부터는 기르기 시작했다. 둘 다 지금, 여기서가 아니면 평생 못할 것 같았기 때문이다.

그러고 보면 나는 타이밍을 꽤나 중시하는 사람이다. 이때 아니면 못하거나, 이때가 가장 효율이 좋다면 그게 곧 재밌는 것이라고 인식한다. 남극에 가는 것도 나이가 들수록 한국에서 포기할 것이 많아지기에 빠를수록 좋다고 생각했고, 휴학을 결정한 이유 중 하나도 대학을 졸업하면 이렇게 쉴 기회가 흔치 않을 것이라는 생각에서였다.

한편으론 기지 안에 머리와 수염을 기르는 사람들이 많아서 더 용기를 얻은 것도 있다. 장발과 반삭과 일반적인 머리가 어우러져 예술가 집단 같은 분위기가 물씬 풍겼다. 사람들이 다 모이는 시간엔 머리만 봐도 재밌었다.

태어나서 처음으로 머리를 염색할 기회도 있었다. 염색약을 챙겨온 형님이 계셨는데, 정작 본인은 남극에 와서 머리를 밀어 사용할 곳이 없다고 내 머리를 염색해주셨고, 남은 걸로 수염까지 염색해주셨다. 바이올렛 색상으로. 수염은 두꺼워서 피부만 염색되고 끝나버렸지만. 어쨌든 최초로, 그것도 남극에서 하면 뭐든지 기억에 더욱 강렬하고 아름답게 남는 법이다.

설인, 예티, 바야바 등의 별명도 얻었는데(머리와 수염 때문만은 아니었지만) 그때 사진을 보면 참으로 충격적인 비주얼이었다. 함께 지낸 형님들이 착해서 그렇지, 정말 지저분해 보였다. 머리는 눈을 가리고 꼬불꼬불한 수염은 한쪽으로 누워 있고…. 한국에 와서 수염을 정리하기 전에 고무줄로 묶기, 집게 달기 등 해보고 싶은 건 다 해보고 기록을 남긴 뒤에 잘랐다. 코로나가 심해져 집에만 있을 땐 수염을 완전히 밀기 전에 반쪽만 밀기, 비대칭으로 밀기, 가운데만 밀기 등 다양한 실험을 해봤다. 어차피 밖에 나갈 때는 마스크를 써서 보이지 않고, 설령 보인다고 해도 무슨 상관인가 싶었다. 다만 머리띠나 헤어 롤을 하고 다니면 지나가는 사람들의 절반 정도는 내 이마 위에서 시선을 떼지 못한다. 그렇게 노골적인 시선을 받게 될 줄이야. 머리띠와 얼굴의 갭이 너무 커서 그런가?

외모를 빼면 변한 건 크게 없다고 생각한다. 혹시라도 변한 게 있나 싶어서 주변에 물어봐도 별다른 대답을 듣지 못했다. 하지만 남극에 가기 전부터 변해오던 방향으로 가속도가 붙은 것 같지 않느냐는 얘기엔 동의하는 사람들도 있었다. 조금 더 냉소적으로 바뀌었고, 내가 그리 대단한 인물은 아니라는 걸 다시금 깨달았다. 그래도 워낙 긍정적이었기에 여전히 평균을 웃도는 낙천성을 소유하고 있다. 또한 내가 좋은 사람이 아니라는 걸 깨닫는 것이 좋은 사람이 되는 과정이라고 생각하기에 크게 나쁜 점은 없는 것 같다.

그리고 또 다른 방향성이 있다.

"앞으로 살면서 여기보다 더 특별하고 신기하고 짜릿한 경험을 할 곳이 있을까요?"

"북한?"

외국 여행에 대한 갈망이나 동경이 줄어들었다. 물론 대단한 풍경을 보면 행복하고 좋고 그때마다 감탄하겠지만(한국에서 노을을 볼 때처럼) 풍경계의 '끝판왕'을 만나고 왔기에 딱히 아쉽지 않다. 앞의 대화는 그래서 주방에서 같이 일하던 사람에게 했던 질문과 그 답변이다. 역시 남극엔 나사 빠진 사람들이 많다.

그 연장선상에서 가장 큰 변화는 부러운 사람이 없어졌다는 것이다. 원래도 부러운 사람이 그리 많지는 않았는데, 이젠 정말 없다. 돈이 많건, 권력이 있건 무슨무슨 상을 받았건 단 하나로 압축된다. '그래서 만 스물세 살에 남극에 가봤어? 살아봤어?' 이젠 누가 자랑을 해도 잠깐만 배가 아플 뿐 무척 빠르게 정신 승리를 할 수 있다.

또 일상에서 남극과 쇄빙선을 자주 떠올리게 된다. 추우면 '남극만큼 춥다', 노을을 보면 '쇄빙선에서 봤던 것만큼 예쁘다'라는 생각이 들고, 조금 커다란 배를 보면 쇄빙선이 떠오른다.

다음으론 돈에 대한 생각이 조금 바뀌었다. 유명한 말 중에 '돈 욕심이 없다고 하는 사람을 조심하라. 돈에 미친 사람이다'라는 게 있는데, 내가 딱 그랬다. 돈 욕심이 없는 줄 알았는데, 막상 벌어보니 작은 금액도 손에 쥐고 놓기가 싫었다. 내가 어떻게 번 돈인데. 그나마 남극에 있을 땐 통장의 숫자로만 차곡차곡 쌓여갔기에 귀국 후에 기부나 잡지 구독 등을 생각했다. 그러나 귀국하자마자 숨만 쉬어도 통장에서 돈이 증발하는 걸 보고 다 접었다. 만 원이면 두부가 몇 모인데. 남극에 가기 전에도 '살면서 필요한 최소한의 돈은 있어야겠구나'를 어렴풋이 알아가는 중이었는데, 확실히 깨닫고 왔다. 돈이 있다고 무조건 행복한 건 아니지만. 불행의 크기를 줄일 수는 있고, 심지어 어떤 종류의 행복은 보장되기까지 하는 것 같다. 어떤 종류의 행복은 기부의 뿌듯함이나 선물받은 상대방의 즐거움을 봤을 때라고 써놔야 나중에 돌이켜보고 덜 이기적인 사람이 되겠지?

그리고 남극에서 깨달은 두 가지를 정리해놓는다. 한국에 도착하기 직전인 4월 24일에 쓴 글이다.

4월 24일, 남극에서 깨달은 두 가지

6개월간 남극부터 적도를 거쳐 북반구에 오면서 깨달은 두 가지가 있다.
첫째는 경기도 ○○시에 위치한 우리 동네가 참 아름다운 곳이라는 것, 둘째는 현재에 행복하지 않으면 행복은 어디에도 없을지 모른다는 것.
남극이랑 뉴질랜드, 파푸아뉴기니, 적도를 거쳐 온갖 풍경을 다 보고 얻은 결론이 고작 너네 동네가 예쁘다는 거냐면 할 말이 없지만(그리고 사실 6개월 동안 못 봐서 어떻게 생겨먹은 건지도 가물가물하지만), 지금 느끼기엔 그렇다.
말로는 표현이 안 되는 별의별 풍경을 다 봤고, 눈물을 찔끔 흘릴 뻔하기도 했는데, 막상 풍경을 보고 눈물이 또르르 흘러내렸던 건 뉴질랜드 근처에서 5개월 만에 야경을 봤을 때다. 뭐 드디어 문명세계로 왔구나 싶은 감동도 있었겠지만. 근데 정말 돌이켜보면 친구가 우리 대학교랑 서울의 야경을 영상 통화로 보여줬을 때도 꽤나 감격이었고, 지금은 철물점 강아지부터 개구리 소리가 들리는 논밭이랑 조금 걸어 나가면 있는 지하철역까지 모든 게 그립다.
여하튼 그래서 내가 깨달은 첫 번째 명제를 다른 말로 하자면, '세상엔 두 종류의 풍경이 있다. 좋은(멋진) 풍경과 아주 좋은(멋진) 풍경.' 뭐 이 정도가 될 텐데, 어느 곳이든 다 아름다울 수 있다는 거다. 우리 동네도 내가 남극을 보듯, 뉴질랜드를 보듯 새롭고 신기하게 바라본다면 다르게 다가왔을 것처럼. 반대로 남극도 오래 있다가 보면 어느 순간엔 일상이 되고 지루한 풍경이 되었던 것처럼.
현재의 행복에 대한 건 자기계발서나 얼마 전 쏟아져 나왔던 긴 제목의 에세이집들에서 흔히 보이는 명제긴 한데, 나에게는 여러 단계를 거쳐 얻게 된 충격적인 깨달음이다. 예전부터 지금 당장부터 행복하자는 생각은 했는데 남극에선 '아, 하루에 조금만 더 쉴 수 있으면

(아, 주말에 쉴 수 있으면), 아 얼른 쇄빙선 타서 일 안 하고 놀기만 했으면(아, 멀미만 좀 줄어들었으면), 아 인터넷만 좀 잘 됐으면(아, 한국에 얼른 도착만 했으면)…'으로 이어지는 끝없는 불만족의 서사로 깨닫게 된 것이다. 내가 원하는 걸 얻거나 원하는 상태에 이르러도 그건 어느새 완전히 잊고 다음을 원하고 있다. 이렇게 일하고 생활하는 게 워낙 오랜만이기도 하고, 친구들 못 만나는 게 좀 크긴 했지만.

그리고 이걸 지금 적용하면 만날 보는 바다도 다르게, 행복하게 보이긴 하겠지. 근데 사실 바다는 특히 노을이 질 때는 만날 다르긴 하다. 남극이 그랬듯.

두 번째 명제랑 첫 번째 명제를 짬뽕하면 한국 그리워하지 말고 그냥 지금 즐겨라긴 한데 너무 그리워.

사실 여러 번 와본 분들이 그러듯 막상 와보면 별것 아니기도 하다. 다만 오기 전에는 누가 무슨 말을 해도 그냥 환상 속에만 존재하는 공간이기도 하다. 왜 정말 엄청나고 대단한 거 같은데 막상 이뤄보니까 별거 아닌 것들, 다들 있지 않나. 뭐 그렇다고 남극이 아름답지 않았다는 건 절대 아니다. 벌써 다시 가고 싶을 정도니까. 안 가본 사람은 모를 거다.

원래는 한국 도착하고 나서야 쓸 만한 내용인데, 또 한국 도착해서 불평불만 할까 봐 미리 박제해놓는 거다. 정신 차리라고. 근데 아마 친구들 만나서 온갖 뒷이야기와 회포를 풀기 전까진 좀이 쑤실 것 같다.

물론 '남극만 아니면 돼' 병의 중증이었던 때 누가 "넌 쇄빙선을 타도 행복하지 못해. 그러니 지금 행복을 찾아"라고 말해줬다면, "그럴 리 없다. 내 모든 꿈과 희망은 쇄빙선에 있다. 쇄빙선만 타면 행복해질 수 있다"라며 믿지 않았을 거다. 군대 시절이나 다른 힘든 시기에도 누군가 비슷한 얘기를 했다면 코웃음을 치며 부정했을 것이다. 하지만 이렇게 큰 깨달음을 얻었으니 이제는 다를 거라고 생각했다. 무려 남극까지 다녀왔으니. 그래서 지금은 어떠냐고? 한국에 와서 자가 격리 일주일 만에 불만이 폭발했고, 자가 격리가 끝나고도 불만이 가득했다. 이제 남극에 다녀와서 깨달은 건 이것까지 세 가지다. "만족과 감사는 참 어렵다."

Part 2.

꿈꾸고 경험하고 선택하라

800개의 호빵과 강화도에 사는 시인

남극에 가기 전까지는 누가 특별한 경험을 물어보면 두 개의 일화를 설명하곤 했다. 사실 남극은 어쩌다 가게 된 것인데, 이 두 경험은 내 노력의 비중이 훨씬 크기에 여전히 자랑스러운 기억이다. 첫 번째는 중학생 때 전교생을 대상으로 호빵을 팔아 하루 만에 80만 원을 벌어 수익금을 교내 아픈 학우에게 전달했던 것이고, 두 번째는 좋아하는 시인을 만나러 강화도에 찾아간 것이다.

호빵 팔기

호빵은 중학교 3학년 말에 너무 심심해서 팔았다. 학교 행사와 고등학교 입시가 끝나고 학교에선 하루 종일 영화만 틀어주던 시기였다. 학교생활이 무료해져서 뭔가 재밌는 게 필요했다. 그리고 당시에 나는 CEO(당시엔 그게 뭔지도 잘 몰랐고 '사장'의 좀 멋있는 표현 정도로 생각했다)가 장래희망이었는데, 이를 위해 왠지 모르겠지만 장사 경험을 가져봐야겠다는 생각도 조금 있었다. 교내에서 개인의 이윤 추구를 할 수는 없으니 불우이웃 돕기로 목적을 변경하고 학생회에 의견을 물었다(지금은 감투를 정말 싫어하지만 당시 나는 놀랍게도 학생회장이었다). 모닝빵에서 시작해 겨울이니 호빵을 팔자는 의견이 나왔고, 학생부에 전하니 학생회 담당 선생님, 학생부장 선생님, 교장선생님과도 이야기를 하게 되었다. 지금은 까마득하게 잊었는데 예전에 기록해둔 것을 보니 당시 반대가 엄청 심했다고 쓰여 있다(기록이 이렇게나 중요하다!). 식중독 문제와 학생이 이런 좋은 일을 하는데 학교는 아무것도 안 했느냐는 비판을 받을 수도 있다는(이건 아직도 이해가 안 간다) 이야기가 기억에 남는다. 기록에는 그다음 과정은 생략되어 있고 "여차저차해서 호빵과 요구르트를 팔기로 하고"로 바로 넘어간다. 사실 선생님들 입장에선 무언가 새로운 시도를 한다는 게 얼마나 큰 위험을 감수하는 것인지 이젠 알기에 허락해주신 선생님들께 감사하다.

호빵 확보를 위해 무슨 용기에서였는지 호빵 회사에 전화도 했다. 불우이웃 돕기용으로 저렴하게 구매할 방법이 있는지 문의했더니 그런 거는 안 된다며 딱 잘라서 단호하게 거절당했다. 지금 생각하면 SNS나 뉴스 홍보용으로라도 허락했을 것 같은데 참 아쉽다. 호빵과 요구르트 세트를 1000원으로 책정했고 사전 수요는 400여 개, 40만 원이 모였다. 근처 이마트에 전화해 800여 개의 물량을 확보해놓고 부회장과 함께 40만 원을 품에 안고 가던 그때를 아직도 잊을 수 없다. 혹시라도 빼앗길까 봐 가던 길 내내 점퍼 안쪽에 꽁꽁 숨기고 갔으니. 조리 공간이 문제였는데, 평소에 친했던 영양사 선생님과 급식실 아주머니들께서 도와주시겠다고 해서 일이 일사천리로 진행되었다.

그렇게 당일 새벽부터 학생회가 모여 판매 준비를 했다. 급식실 아주머니들의 도움으로 호빵을 쪄서 미리 신청한 친구들에게는 반별로 배달해줬다. 당일 판매로 학생들과 선생님들께도 팔았는데, 불우이웃 돕기라는 말에 5000원을 넣어준 사람들이 기억에 남는다. 그렇게 바쁜 오전을 보내고 정산을 해보니 총 매출은 84만 원이고 순수익이 44만 원 정도였다. 그리고 그 돈은 학생 중 뇌종양이 재발한 친구 아버님께 전달했다. 지금 생각해보면 입시를 위한 것도 아니었고 이 일을 딱히 어디 써먹어야겠다는 생각이 있지도 않았다. 단지 남아돌던 시간을 재미있고 보람차게 보내면서 학생회 추억을 만들고 싶었다. 나중엔 학교 전통으로 만들면 재밌겠다는 생각도 했다(듣기로는 다음 해까지는 확실히 지속되었다고 한다). 인생에서 목적성 없이 순수하게 했던 일 중엔 나이에 비해 가장 스케일이 컸다.

강화 시인

말 그대로 좋아하는 시인을 만나러 무작정 찾아갔다. 고등학생 때까지 나에게 가장 큰 영향을 준 건 요리만화 《식객》인데, 거기에 함민복 시인이 나온다. 그분의 시가 너무나 좋았는데, 강화도에 사신다는 소식을 접하고 입대를 앞두고 찾아가기로 했다. 처음엔 시인이니까 담배랑 술을 사가야겠다고 생각했는데 검색해보니 결혼한 후로 술도 끊었고 담배도 끊었다는 인터뷰가 있었다. 고민하다 지금 생각하면 귀엽게도 살림에 도움이 될 만한 식용유와 건강에 좋은 비타민을 챙겨갔다(담배랑 술을 사갔다면 아내 분께 등짝을 맞았을지도 모르겠다). 강화도에 인삼을 판매하는 곳에서 아내 분과 함께 계신다고 알고 있었는데, 정말 매장 한쪽에 그분 시집이 있었다. 조심스레 아내 분으로 보이는 분께 이러이러해서 왔고 선물은 이

걸 가져왔노라고 했더니 굉장히 미안한 기색으로 말씀하셨다. 함민복 시인이 난생처음으로 외국에 갔다고. 북유럽에서 열리는 행사에 며칠간 가 있다고. 아!

여행의 이유에서 김영하 작가는 일이 뜻대로 안 풀릴 때 그게 글의 소재가 된다고 해서 못 만난 아쉬움을 달래고 있었는데, 지금 생각해보면 이건 만난 게 더 좋은 글의 소재가 됐을 거 같다. 그렇지만 세상은 정신 승리 없이 살긴 너무나도 힘드니까 그냥 넘어가기로 하자. 이걸 제외하고도 인터뷰를 보면 시인이 아내 분께 꼼짝 못하시는 것 같아 아내 분하고 친해진 게 결과적으론 더 잘된 일인 것 같기도 하다.

짧고 아쉬운 만남을 뒤로하고 강화도 구석구석을 여행하다 유일한 게스트하우스에서 묵었는데, 아내 분께 연락이 와서 다음 날 점심을 함께하게 됐다. 무슨 이야길 했는지는 기억나지 않지만 꼭 나중에 다시 오라고 하셨던 것 같다. 근데 그 후 아직 찾아간 적이 없다. 예전만큼 시를 좋아하지 않게 된 것도 있지만, 찾아가면 이 비현실적인 경험이 깨져버릴 것만 같은 느낌이 들기 때문이다. 참 지지리도 궁상이다.

그리고 기행 동아리

두 경험 다 나이에 비해 그리고 중학생과 입대 전이라는 시기를 고려하면 무슨 배짱으로 저랬나, 내가 한 게 맞나 싶으면서도 특이하긴 하다. 특히 호빵을 팔았던 경험은 그 자체로 재미도 있었지만 누군가를 도와주기까지 했다는 점에서 내가 생각하는 이상적인 직업과 관련성도 크다. 그래서인지 10년이 넘도록 그 하루의 짜릿함을 잊지 못한다.

사실 이 두 이야기는 한동안 잊고 지내다 남극에서 우연한 계기로 떠올리게 됐다. 인스타그램으로 Q&A를 했는데 동아리를 만든다면 어떤 걸 만들고 싶으냐는 질문이 들어왔다. 감투 쓰는걸 별로 좋아하지 않고 관심이 있는 분야는 고등학교 때부터 이것저것 해봐서 동아리에 큰 욕심이 없었다. 그러다 문득 기행(奇行) 동아리를 만들고 싶다는 생각을 했다. 그리고 '기행 동아리는 대체 뭘 하는 곳이냐?'에 대한 답이 내가 했던 대표적인 기행인 800개의 호빵과 강화도에 사는 시인이었다. 이런 걸 하는 곳이라고.

만약 기행 동아리를 만들게 된다면 아주 엄격한 심사를 거쳐서 톡톡 튀는 아이디어가 있고 실행력 있는 사람만 모으고 싶다. 우선 나만큼 이상한 사람들을 알음알음 모아서 면접관을 시키고, 지원자들에겐 본인만의 독특한 아이디어를 말하게 해서 1차 면접 합격 여부를 정할 거다. 2차 면접은 다 같이 밥을 먹으며 어떤 사람인지 알아보는 건데, 이건 지원자도 동아리의 성격을 알아볼 수 있기에 좋은 방법 같다. 2차에서 떨어진 사람들에겐 양해를 구해 아이디어는 우리가 사용해도 되는지 허락을 맡고 위로 선물을 줄 생각이다. 지금 당장 생각나는 건 지하철과 시내버스만으로 전국 일주하기 같은 것밖에 없다. 혼자서 하고 싶었던 건 이미 거의 다 하고 다녔는데, 같이하는 건 아이디어가 필요하다. 기행 동아리 들어오실 분?!

나는 어쩌다 요리를 하게 되었나

시작은 만화책이었다.

요리에 관심을 가진 건 중학생 때부터였다. 퇴근하는 어머니를 기다리며 학교 도서관에서 살다시피 했는데, 제일 먼저 눈에 들어온 것이 만화 《식객》이었다. 스무 권이 넘는 시리즈를 세 번도 넘게 읽었다. 그때 처음으로 요리가 재밌겠다는 생각을 했고, 수많은 에피소드를 통해 인생사의 희로애락도 배웠다. 대학 입학 전까지 세계를 보는 관점의 절반 이상을 형성해준 책이라고까지 할 수 있다. 심지어 고등학교 입시 때 자기소개서의 감명 깊게 읽은 책에 《식객》을 썼을 정도였다. 담임선생님께서 혼내셨지만 끝까지 내 뜻을 굽히지 않았다.

지금 생각하면 무슨 생각으로 그랬나 싶지만, 그땐 정말 '가장 감명 깊게 읽은 책'이었다. 그 자기소개서를 보고도 붙여준 학교에 감사한데, 입학하고 나서 "만화책을 쓰고 들어온 애가 있다"라고 회자되긴 했다.

고등학교 때는 공부와 동아리 활동으로 바빠서 요리에 대한 기억이 거의 없다. 딱 하나, 2학년 말에 요리대회에 나갔다가 예선 탈락했던 경험을 제외하면. 다양한 조리법을 쓰고 휘황찬란하게 플레이팅 하는 조리고 친구들을 할머니 레시피로 만든 곶감말이로 이기려 했던 건 지금 생각해도 웃음이 난다. 잘 포장했으면 오히려 높은 점수를 받을 수 있었을지도 모르겠지만, 그 어떤 장식도 없는 미니멀리즘의 극치를 보여준 플레이팅과 조리법으론 무리였을 것 같다.

다시 요리를 한 건 수능이 끝나고였다. 시간이 넘쳐흐르니 요리를 좋아했던 게 생각나서 한식과 제과를 3개월 정도 배웠다. (보통은 이때 운전면허를 따던데, 그래서 난 아직도 면허가 없다.) 꽤나 재밌는 기간이었지만, 이것도 대학 입학 후엔 수업 때문에 지속할 수 없었다. 그렇게 1학년을 마치고 군대를 갔는데, 거기서 앞으로 뭘 하고 살아야 할지 고민을 해봤다.

전공인 경제는 너무 재미가 없었고, 살면서 해본 것 중 가장 재밌었던 게 3개월간 배운 요리라 요리사를 하기로 했다.

또한 직업 선택의 기준은 '창의적이고 생산적인 활동일 것', '다른 사람에게 기쁨을 줄 수 있을 것'인데, 요리는 이 두 가지를 완벽하게 충족한다고 생각했다. 그래서 제대하자마자 1년간 휴학하면서 한식 · 제과 · 중식을 배웠고, 한식조리기능사 자격증을 취득했다. 합격했을 때 인생에서 손에 꼽을 정도로 행복했는데, 원하던 직업으로의 첫발이자 턱걸이로 합격해서 그랬던 것 같다.

그 후로도 요리 자체는 재밌었지만 요리사 모임에 가거나 관련 정보를 찾아볼수록 내가 생각한 요리사는 환상일 뿐이라는 걸 깨달았다. 직업 선택의 기준조차 충족하지 못할 확률이 높은 걸 알고는 '내가 요리사를 하지 않는 이유 여덟 가지'를 정리하기에 이르렀다. 결정적으로 요리를 포기하게 된 건 미쉐린 가이드 2스타 레스토랑인 권숙수의 권우중 셰프님을 만나고서였다. SK뉴스쿨에서 진행한 셰프님 및 매니저님들과의 멘토링이었는데, 권우중 셰프님은 그 여덟 가지 이유 중 대부분을 다 극복하신 분이었다. 극복이 가능한 걸 알았는데 왜 포기했느냐고? 엄청 거대한 벽을 만난 느낌이었다. 저 자리에 오르려면 저만큼 해야 되는구나 하는. 그러려면 요리를 사랑하고 미쳐야 하는데, 나는 그만큼 할 자신이 없었다. 모든 걸 포기하고 요리만 할 자신이. 물론 요리하는 것 자체는 정말 행복하기에 평생의 취미로 가져가기로 마음먹었다.

이쯤에서 휴학하고 요리사를 하겠다고 했을 때 집안의 반대는 없었나 하는 의문이 들지도 모른다. 요리사를 하겠다는 것과 휴학 계획을 처음 말씀드렸을 때는 별다른 반대가 없었다. 속으로 '군대 가서 고생했으니 1년 정도 쉰다고 생각하시나 보다' 했는데 나중에 요리사의 꿈을 접었다고 말씀드리고 나서야 "그때 정말 걱정을 많이 했다"라고 하셨다. 내색을 안 하셨던 거지 속앓이는 적잖이 하셨던 것 같다. 나라도 내 자식이 그러면 말렸을 텐데, 별 말씀 없이 뒤에서 기도만 하셨던 어머니가 새삼 대단하게 느껴지던 순간이었다.

그렇게 1년을 보내고 복학을 했다. 여전히 공부는 재미가 없고 꿈은 붕 떴고, 대학은 간판 때문에 다닌다는 생각밖에 없었다. 그러다 여름에 친구가 눈이 번쩍 뜨이는 제안을 했다. 당시 시리아 난민에 관심이 많았는데, 난민이 많은 중동 국가에 요리학교를 세우면 어떻겠느냐는 얘기였다. 일반적인 학교와 달리 배운 것이 바로 경제적 도움이 되기에 부모들도 보내고 싶어 할 것이고, 그곳의 청소년을 범죄와 가난의 굴레에서 벗어나게 도와줄 수 있겠다는 생각이 들었다.

여기서 잠깐, 갑자기 웬 난민이냐 싶을 텐데, 고3 때 나와 친한 친구의 관심사는 '어떻게 하면 전쟁을 멈출 수 있는가?'

였다. 그래서 그 문제에 답을 찾기 위해 친구는 철학과에, 나는 경제학과에 진학했다. 1학년 때 학과장님을 찾아가서 어떻게 하면 전쟁을 멈출 수 있을지, 경제를 계속 공부하면 가능한지 등을 여쭤보기도 했는데, 그 과정에서 얻은 결론은 '불가능하다'였다. 그렇다면 전쟁 피해자만이라도 돕자는 생각을 하고 있었기에 난민은 큰 관심사였다. 그리고 요리학교는 '세계 평화+청소년+요리+교육'이기에 내가 좋아하는 모든 게 합쳐진 꿈이었다.

그렇게 요리학교를 세운다는 꿈을 가진 때가 2학년인 2018년 여름방학 때다. 꿈을 키워가다 9월에 유명 레스토랑 셰프들이 모여서 팝업스토어를 하는 '미쉐린 가이드 고메 페어'에 참석했는데, 거기서 일자리를 얻게 됐다. 평소 존경하던 셰프가 있기에 사인을 받으면서 내 꿈을 설명하니 내 인적사항을 묻고는 다음 주부터 자기 레스토랑에 와서 일해볼 것을 제안했다.

처음엔 되게 당황했는데 좋은 기회인 것 같아서 며칠 후에 면접을 보고 근무를 시작했다. 학교와 병행해서 일하기로 했는데 처음엔 어머니의 반대가 심했다. 학점 4.0 이상 받을 테니 신경 쓰지 마시라 하고 버릇없이 전화를 끊었던 게 아직도 떠오른다. 그럼에도 출근하는 아들을 위해서 함께 돌아다니며 옷을 사주신 어머니. 1년 휴학 때는 별말 안 하셨는데 일하는 건 왜 말렸느냐고 나중에 여쭤봤다. 학교를 다니는 동안엔 공부에 집중하고, 학점도 잘 받아야 된다고 생각하셨다고 한다. 그리고 어차피 고집을 못 꺾을 테니 기왕 일하는 거 열심히 하라고 옷도 사주신 거였다. 반대해서 안 할 거면 그만큼 하고 싶은 건 아니래나….

다섯 시간만 잔 채로 한 시간 반 넘게 걸리는 레스토랑에 가서 근무하고, 다시 지하철을 타고 학교에 가서 수업을 듣는 날도 많았다. 그래도 행복했다. 하루에 여덟 시간 이상 자지 못하면 하루 종일 해롱대는 사람인데도 한 학기 내내 그렇게 지냈다. 전날 밤엔 출근이 싫지만 막상 일어나면 무슨 일이 기다리고 있을까 하는 기대감에 출근했다. 일을 잘했던 건 아니지만 주어진 일을 마치고 퇴근할 때는 묘한 쾌감이 있었고. 코치나 아모레퍼시픽 등 브랜드 행사로 대관이 있는 날에 모델이나 TV에 나오는 사람들을 보는 것 또한 큰 재미였다.

그 후로도 현대카드 쿠킹 라이브러리 레시피 대회나 JTBC에서 했던 쌀을 주제로 한 레시피 대회 등에 참가하면서 상도 받고 인터뷰도 하는 등 요리에 대한 끈은 계속 붙잡아왔다. 그러다 2019년 여름에 소설을 읽고 남극에 가고 싶다는 생각을 한 것이다.

※ 요리 팁

1. 자신감

아마 모든 분야에서 어느 정도 필요할 것이다. 그래야 일이 재밌고 잘 된다. 요리에선 그 이유가 하나 더 추가된다. 잘 몰라도 자신감 있게 슉슉 하면 다들 잘하는 줄 안다. 그리고 또 그래서 멋있어 보인다. '난 요리를 잘한다! 내가 한 요리는 맛있다!'라는 생각과 그렇다고 우기는 뻔뻔함이 필요하다. 음식은 분위기에 영향을 정말 많이 받기 때문이다. 기숙사에서 몰래 먹던 음식이나 뽀글이를 떠올리면 이해가 쉬울 것이다. 또 조심하되 두려워해선 안 된다. 중식 배울 때 매일같이 듣던 이야기가 기름을 무서워하지 말라는 말이었다. 물론 기름에 한번 데이면 엄청 무서워지지만, 캐치볼 하다가 눈두덩이에 공을 맞았다고 생각하고 이겨내야 한다. 참고로 난 그래서 10년째 캐치볼을 안 한다.

2. 불 조절

레시피대로 했는데 맛이 없거나 망하는 건 십중팔구 불 조절 혹은 간 조절에 실패했기 때문이다. 특히 약불, 강불을 임의대로 사용하는 사람이 있다. '약불에 10분? 강불에 2분이랑 똑같은 거 아냐?'라는 이야기는 '엘리베이터를 왜 타? 뛰어내려도 되는 거 아냐?'라며 63빌딩 꼭대기에서 자유낙하를 하는 것과 같은 말이다. 엘리베이터를 이용하는 것과는 조금 다른 결과가 나올 것이다. 약불과 강불의 관계도 마찬가지다. 집마다 가스레인지, 하이라이트, 인덕션처럼 열원의 종류와 화력, 프라이팬 두께 등이 달라서 일괄적으로 말할 순 없지만, 하면서 익숙해지면 된다.

3. 간 조절

중학교에서 배운 인간이 느끼는 맛(단맛, 짠맛, 쓴맛, 신맛)에서 출발한 건데, 한국인에게는 짠맛, 매운맛, 감칠맛이 제일 중요하다(물론 매운맛이 통증인 건 알고 있지만 편의상 포함하기로 한다). 요리를 하면 간을 보게 되는데(만약 그동안 간을 본 적이 없다면 지금부터 하면 된다), 그때 저 세 가지 중에 무엇이 부족한지 찾아내야 한다. 집집마다 사람마다 느끼는 정도가 다르기에 각자의 입맛에 맞춰야 한다. 싱겁지도 않고 짜지도 않은 그 사이에 들어가는 게 중요하다. '약간 싱겁지만 먹을 만하다'와 '조금 짜지만 괜찮다' 사이인데, 당연히 '간이 딱 맞다!'가 가장 좋겠지만 싱겁게 먹으면 건강엔 좋을 것이다.

짠맛이 부족하다: 소금이나 간장. 색이 중요한 맑은 국이나

볶음밥 같은 건 소금을 넣지만, 그 외엔 간장이 감칠맛도 있고 좋다.

간이 과하다: 볶음류는 기타 재료를 더 넣고 볶고, 국물류는 감자를 넣었다 빼면 된다는 말이 있다. 나는 보통 참고 먹으면서 다음엔 간 조절을 잘해야지 다짐한다. 이런 불상사를 미연에 방지하려면 조미료를 추가할 때 소량씩 넣는 게 중요하다.

매운맛이 부족하다: 고춧가루나 청양고추. 개인적으로 고추장은 전분 때문에 텁텁해지기에 덜 선호한다. 음식이 과하게 매우면 다른 맛을 가리기에 조금씩만 사용한다. 신라면도 겨우 먹을 정도로 매운 걸 못 먹는 사람이라서 그런 것은 아니다.

감칠맛이 부족하다: 치킨스톡이나 굴소스, 액젓, 다시다. 무궁무진하다. 조미료는 1~4세대까지 나와 있는데, 맘에 드는 걸 사용하면 된다. MSG의 유해성은 해명 자료가 많이 나와 있어서 자세한 설명을 하진 않겠지만, 단적으로 말하자면 MSG보다 소금이 더 위험하다.

치킨스톡은 외국 국물류, 액젓은 한국 찌개류에 특히 잘 어울린다. 굴소스는 모든 볶음류에 좋은데, 사실 만능이다. 삶은 파스타에 넣어서 비벼 먹기만 해도 맛있다. 유튜브를 통해서 많이 알려졌는데, 유명 파스타집 중에 굴소스를 들이붓는 곳이 있었다고 한다. 정말 맛있다고.

단맛, 신맛이 부족하다: 단맛은 설탕 · 올리고당 · 물엿 · 매실청 · 꿀 등으로, 신맛은 레몬즙이나 식초면 충분하다.

남자가 무슨 발레야

영화 〈빌리 엘리어트〉를 굉장히 감명 깊게 봤다. 그럼에도 발레를 배워보겠느냐는 엄마의 제안에 반사적으로 튀어나온 첫마디는 "남자가 무슨 발레예요?"였다.

당시 엄마는 60세의 나이에 난생처음으로 발레를 배우기 시작하셨다. 그 몇 달 전에는 피아노도 시작하셨는데 제2의 인생을 살아가는 엄마를 진심으로 응원했다. 60세에 직장을 다니며 피아노와 발레를 배우기 시작하는 여성이라니! 우리 엄마가 얼마나 멋지고 존경스럽던지. 그러던 엄마가 한 달 정도 배우신 후에 너무 좋고 재밌다며 나에게도 권하신 거였다. 처음엔 거절했으나 엄마의 계속된 권유와 '지금 아니면 평생 엄마랑 함께 뭔가를 배울 기회가 없겠다'는 생각에 배우기로 했다. 그렇게 군대 말년 휴가부터 시작된 발레는, 반년쯤 후에 엄마가 먼저 그만두시고도 나 혼자 몇 개월을 더 배우며 1년을 꼬박 나와 함께했다.

첫 발레 수업에서 나 말고도 남자가 있다는 걸 알고는 놀라움과 안도, 아쉬움이 교차했다. 놀라움은 즉각적인 반응이었고, 나만 남자가 아닌 게 다행이라 안도했으며, 남자는 나만 있어야 되는데 아니라서 아쉬웠다. 관심이 필요했다기보다는 기왕 큰맘 먹고 하는 발레인데 '나는 발레 하는 남자닷!'과 같은 특별한 기분을 만끽하고 싶었다. 그게 그건가? 다른 남자 분은 공군에서 조종사 훈련을 받는 분이라는 걸 알고는 왠지 더 놀랍게 보였는데, 그분 발레 슈즈는 남색이었고 난 분홍색이었으니 아무튼 내가 이겼다. 선생님이 남자는 보통 짙은 색을 신는다고 하셨지만 결국 '발레는 분홍이지'라는 내 고집을 꺾지 못하셨다.

1년간 총 두 곳의 발레 연습실을 다녔는데, 둘의 구조는 거의 동일했다. 직사각형 방의 긴 벽면 중 하나는 전체가 거울로 되어 있으며 한쪽 구석에는 손으로 잡거나 다리를 올려놓는 용도의 연습용 바(barre)가 있고 음향 시설이 있다. 수업 방식 또한 처음에는 음악을 따라 스트레칭을 한 후, 진도에 맞춰 배운 동작을 복습하고 새로운 동작을 배우는 순서로 비슷했다.

거울 앞에 서서 음악과 선생님의 지도에 맞춰 동작을 따라 하다 보면 두 가지 감정을 느낄 수 있다. 성취감과 자괴감. 발레 공연에서 보던 손짓과 몸짓을 비슷하게나마 따라할 수 있고, 남이 볼 땐 모르겠지만 적어도 내가 거울로 보기엔 괜찮은 자세가 나온다. '와, 이게 되네?' 싶은 생각에 놀라움을 느끼면서도 뿌듯하다. 하지만 동시에 거울을 볼 때마다 자괴감이 든다. 내 기준에 남자 몸의 이데아는 발레리노의 몸이다. 외형에 대한 묘사보다는 당장 구글에 '발레 축제 포스터'라고 검색해서 남자가 나오는 사진을 아무거나 클릭해 보는 게 이해가 빠를 것이다. 게다가 겉으로는 잘 드러나지 않는 정보도 발레리노의 훈련 과정을 보고 알게 되었다. 근력과 유연성. 유연성이야 발레니까 당연하지만 근력은 갸우뚱했는데 발레리노는 웨이트 트레이닝이 필수라고 한다. 발레리나를 한 팔로 번쩍 드는 것부터 공중에서 발바닥을 몇 번씩 교차할 만큼 높이 점프하려면 근력 또한 필요하기 때문이다. 둘 중 하나만 있어도 대단한데 둘 다 있다니. 내겐 둘 다 없는 대신 옆구리 살이 있으니 거울을 볼 때마다 자괴감이 들 수밖에. 그럼에도 적당히 가려지는 옷을 입고 적당히 자세가 나오기에 행복하게 발레를 배우러 다닌 1년이었다.

이렇게 행복하고, 근력과 유연성을 기를 수 있는 활동이기에 난 발레를 모두에게 추천한다. 특히 나중에 아내와 합의해 자녀를 키우게 된다면 성별을 막론하고 발레를 권하고 싶다. 평소에 잘 쓰지 않는 근육을 사용하기에 '여기에도 근육이 존재했어?' 하며 놀란 적이 많고, 몸의 중심부터 건강해지는 느낌이었기 때문이다. 실제로 허리와 목의 통증이 많이 줄어들기도 했다. 또한 하체를 구석구석 움직이기에 과하지 않은 선에서는 나이가 들어서도 필요한 운동 같다. 아마 평생 운동 두 가지만 하라고 하면 발레와 관절에 좋은 수영을 꼽지 않을까(프로 수준에서는 다들 부상을 달고 사니 취미 수준에서).

발레를 배우며 달라진 점은 발레 공연을 즐길 수 있게 된 것이다. 학생 때 외국에서 유명 발레단이 왔다고 해서 당시 거금 3만 원을 주고 관람했는데, 중간에 숙면을 취한 이후 발레 공연 관람은 생각도 하지 않았다. 하지만 발레 선생님이 공연을 추천해주셨고, 예술의 전당에서 청소년 할인을 받으면 1만 원에 S석에 앉을 수 있었기에 보러 갔는데 너무 행복했다. 멀리서 볼 땐 손짓 발짓만 보였는데 S석에선 표정까지 보이니(안타깝게도 숨결까지 느껴지진 않았다), 그 어려운 동작을 하면서도 몸짓 하나하나에 감정을 싣는 게 느껴졌다. 그리고 그 어려운 동작이 얼마나 어려운지 발레를 배워서 조금이나마 알기에 더욱 감탄이 나왔다. 저 점프와 발동작을 하려면 얼마나 많은 연습을 하고 발목을 삐어야 했을까.

그리고 이때부터 취미는 많을수록 좋으니까 대학생 때 뭐든지 최대한 많이 해봐야겠다는 생각이 들었다. 스트레스를 풀 수 있는 경로가 다양해지고, 사람들을 만날 때 친해지기도 쉬운 건 덤이다. 학교에서 팀 프로젝트를 할 때 무용과인 친구가 있었는데 발레 이야기를 하니 엄청 놀라며 상대적으로 빠르게 친해질 수 있었던 게 기억에 남는다(나만 그렇게 생각했을지도 모르겠지만). 그리고 취미를 늘리는 가장 좋은 방법은 뭐가 됐든 배우는 것이라는 깨달음도 얻었다. 개인적으론 대학에서 수강했던 소프트볼과 스키 같은 교양 스포츠 강의가 어떤 분야의 맛을 보기엔 최적인 것 같다. 학점도 챙기고 돈도 적게 들고.

취미는 많을수록 좋고 가장 좋은 방법은 배우는 것이지만, 이와 관련된 내 최초의 기억은 썩 유쾌하지만은 않다. 초등학교 3학년 때 피아노 학원 등록 직전에 주차장에서 배우기 싫다며 팔을 붙잡고 매달렸던 그 초록색 바닥은 아직도 눈에 선하다. 바이올린은 그보다 더 어릴 때 배웠는데, 이건 하는 도중에도 싫어했다. 줄이 끊어진 걸 한 달 동안이나 집에 말하지 않을 정도였고, 가서 만날 놀다가 결국 그만뒀다. 최근에 엄마에게 듣기론 그때 좋아하던 누나가 있었다는데, 바이올린은 싫지만 누나는 보고 싶어서 그랬나 보다. 이렇게 음악을 꾸준히 싫어했지만, 고등학생쯤 되자 부모님께 정말 감사하게 되었다.

음악을 배운 건 평생에 걸쳐 좋은 영향을 주는 것 같다. 비록 3년 반 정도 배웠을 뿐이고 그마저 대충해서(피아노의 모든 건반을 온몸으로 서너 번 누르고 '악보의 모든 음을 다 쳤으니 연습한 거다'라는 논리로 동그라미를 채웠다) 체르니 30도 마치지 못했지만, 아직도 취미로 피아노를 친다. 특히 남극에서 엄청난 위로가 됐다. 정확히 말하자면 위로라기보다는 시간을 때우는 용도긴 했지만. 음악에 대한 관심 덕분에 고등학생 때 오케스트라에 들어갔다가 클래식을 듣는 취미도 생겼다. 음악사조도, 작곡가별 특징도 잘은 모르지만, 플레이리스트에 항상 클래식이 저장돼 있고 가끔은 연주회도 보러 간다.

수영은 첫날 오리걸음을 시켜서 하기 싫다고 안 나갔고, 농구도 왜 그만뒀는지는 모르지만 계속했으면 키가 좀 더 크지 않았을까 하는 아쉬움이 있긴 하다. 대신 축구는 꽤 열심히 했다. 어릴 때도 혼자 버스를 타고 멀리까지 가서 배울 정도였으니 무척 좋아했나 보다. 이건 아주 큰 자랑인데, 히딩크 감독한테 사인을 받은 적도 있고 그 장면이 신문에 실리기도 했다. 이렇게 사랑했던 축구조차 잘 못한다는 걸 깨닫고 축구 선수의 꿈을 포기하고부터는 그만뒀다. 좀 극단적으로 변하긴 했는데, 이젠 월드컵 같은 게 아니면 경기도 잘 보지 않고 외국의 유명한 선수들도 잘 모른다.

미술은 초등학교와 대학교 때 배웠다. 초등학생 때는 선생님들이 나를 자주 놀렸는데, 그게 싫어서 그만뒀다. 픽사티브를 인센티브라고 했다고 몇 주를 놀려대셨는지. '귀엽고 내 반응이 재밌어서 그런 것이었겠지'라고 위안을 삼아본다. 그렇게 평생을 피카소로 살다가(물론 이제는 그가 일찍이 그림을 마스터했다는 걸 알지만, 초등학생에겐 그림 못 그리는데 유명한 아저씨일 뿐이었다) 대학교 신입생이 되어 여름방학을 알차게 보내자는 결심하에 동네 주민센터에서 하는 연필인물화를 잠깐 배웠다. 지인들 선물을 위한 것이었는데, 서양인 화장품 모델들로 배우기 시작해서 막상 지인들을 그리는 데는 어려움이 컸다. 그럼에도 다들 내 정성을 생각해선지 '고맙다, 닮았다'고 해주었고, 남극에서 나오기 며칠 전에도 월동대원들에게 그림과 편지를 선물했다(이제야 고백하는 거지만, 그때 열여덟 명의 얼굴을 그리는 데 너무 오래 걸리고 힘들어서 사진 위에 대고 윤곽을 잡았다. 그래도 30분 넘게 걸렸어요, 형님들).

서예도 잠깐 배웠는데 선생님하곤 지금도 연락할 정도로 나를 정말 예뻐해주셨다. 대회에서 상도 받았는데 초등학교 담임선생님은 내 일기를 보시면 "서예를 한다는데, 글씨는 왜…"라며 말을 잇지 못하셨고, 지금도 손글씨는 잘 쓰지 못한다. 한동안은 '천재는 악필이다'라는 말로 위로를 얻었지만, 수학 시간에 명제를 배우고 '악필이라고 천재는 아니다'라는 말에 무너진 뒤로는 '누가 내 일기장을 훔쳐가도 알아볼 수 없게 하려는 도난 방지용이다'라는 말로 합리화했다. 하지만 글씨를 잘 쓰는 사람이 부러운 건 사실이다. 내가 쓴 글조차 해독에 시간이 걸리는 경우도 있으니.

성인이 되고서는 이전에 비해 무언가를 새로 배우기는 어려운 것 같다. 시간이나 습득력도 그렇고, 학원비도 성인반이라고 갑자기 비싸진다. 그럼에도 비교적 많은 걸 배웠다. 요리, 발레, 미술, 스노보드, 성악, 농구 등등. 그중에서도 요리는 꽤나 큰 영향을 미쳤고.

써놓고 보니 '그만뒀다'라는 말이 종종 나온다. 포기한 것이 그리 부끄럽지는 않지만, 일말의 부끄러움을 위한 변명이 있긴 하다. 바빠지거나 이사를 가면서 못하게 된 것도 있지만, 적어도 내 자의로 그만둔 게 많다. 그게 오리걸음 때문이든, 나를 놀려서든 아무튼 확실한 결단을 내리고 선택한 거라

수영을 빼면 큰 후회는 없다. 그리고 한 달이라도 배운 건 아예 안 배운 것보다는 확실히 낫다. 대화의 소재로 쓸 수도 있고, 배웠다고 뽐낼 수도 있다. 그렇다고 다 안다는 듯이 전문가 행세를 해선 안 된다. 해보니까 재밌지만 보기보단 쉽지 않더라는 이야길 해야 한다. 자랑하려고 배웠으나 실은 하나도 잘 모르겠다고 실토해도 좋다. 겸손을 가장한 자랑은 얄밉지만, 허세를 가장한 '허당'은 누구나 좋아하니까. 그것도 아주 솔직한 '허당'.

스무 살에 목격한 출산 현장

의무소방으로 군복무를 하며 기억에 남는 에피소드가 몇 가지 있다(의무소방은 의무경찰의 소방 버전이라고 보면 된다. 소방서에서 생활하며 소방관을 돕는 역할을 한다). 행사 지원을 나갔다가 연예인도 봤고, 인형 탈을 쓴 상태였지만 야구장 마운드에 올라간 적도 있다. 이런 이벤트성 사건 외에 주 업무였던 구급 출동 보조(약 1000건의 출동이 있었다) 일을 하는 동안 있었던 에피소드가 무엇보다도 많다.

출산 현장

양수가 터져 아기가 나올 것 같다는 신고가 들어왔다. 목적지로 가는 동안 반장님은 양수가 터져도 청소, 빨래 다 하고 대중교통 타고 병원 갈 수 있는 임신부도 있다며 내 긴장을 풀어주셨다. 하지만 신고자와 전화를 해보니 "아~악" 하고 임신부가 내지르는 소리가 들렸다. 곧 아기가 나올 기세여서 일단 분만 키트를 챙기고 들것에 시트를 깔고 갔다. 막상 도착해보니 또 괜찮은 상태여서 병원으로 이송하기로 했다. 반장님이 아기가 나오는 쪽을 보며 앉으시고, 나는 임신부 옆에 앉았는데 남편이 함께 계시지 않아 임신부의 손을 잡아드렸다. 고통으로 인해 구급차 내부에 잡히는 모든 걸 잡아당기셨는데, 생각보다 악력이 세서 놀랐다. 10킬로미터 떨어진 병원이 목적지였는데, 4킬로미터 남은 지점에서 반장님이 아기가 나오는지 확인하시며 잠깐 갓길에 세웠다가 다시 출발했다. 그러다 1킬로미터 정도 남은 데서 "멈춰!" 하고 소리치셨다. 그리고 아기가 나왔다. 10분 정도 만에 쑥 하고 나왔고, 구급차에 구비된 분만용 물품들로 아기 입의 이물질도 빼고, 탯줄도 집고, 산소도 공급했다. 아기 낳는 장면이 무섭다는 얘길 들어서 긴장했는데, 내가 정면에서 본 건 아니라서 그런지 괜찮았다. 아기도 힘차게 잘 울었고, 바로 병원에 인계한 뒤 구급차 CCTV를 돌려 분만 시각을 확인해 전달했다. 남편 분은 조금 후에 따로 병원에 도착하셨는데, 싱글벙글 웃으며 우리에게 연신 감사 인사를 하셨다.

출동 나가면서 '전역 전에 아기를 받아보고 싶다는 소원이 이루어지는구나'라는 생각이 들었는데, 곧이어 막연한 공포감과 열 시간씩 기다려야 하는 게 아닌가 하는 걱정이 찾아왔다. 병원으로 이송하기로 했을 땐 분만 현장을 못 본다는 아쉬움도 있었지만, 병원에서 낳는 게 더 안전할 것이기에 기대를 접었다. 아마 반장님도 최대한 병원에서 낳기를 바라셨으리라. 그러나 결국 구급차 안에서 아기가 나왔고, 반장님은 13년 구급 경력 중 두 번째로, 나는 군대에서 처음이자 마지막으로 분만 현장을 함께했다. 나중에 산모와 아이 모두 건강하게 지낸다는 소식을 들었을 땐 어찌나 기쁘던지. 미역이라도 사들고 가야 됐던 게 아니었나 싶어진다.

사실 구급 출동의 절반 이상은 굳이 구급차를 부르지 않아도 되는 일이고, 나머지 중 절반은 술로 인해 생긴 일 때문이다. 특히 늦은 밤부터 새벽까지는 술에 취한 사람들로 인한 출동이 많았다. 술에 취해 행패를 부리다 다치거나 길에서 자고 있는 사람이 죽은 거 같다는 신고가 잦았다. 정말 상태가 좋지 않을 수도 있으니 신고하는 게 맞지만, 오죽하면 내 근무지에만이라도 밤 10시부터는 금주령을 내렸으면 좋겠다는 마음이 들었을까. 욕을 먹거나 심하면 맞는 경우도 있었기에

5개월간 누적된 실망감으로 '내가 이러려고 구급차를 타나' 하는 자괴감이 들던 시절이었다. 그러나 저 분만 사건으로 그간의 고생이 싹 사라졌다. 게다가 반장님이 내가 대처를 무척 잘했다고 칭찬해주셔서 다른 팀 반장님들까지도 나를 기특해하셨다.

병나발 부는 다섯 살

다섯 살 된 어린이가 술을 마셨다는 신고가 들어왔다. 출동 가는 내내 대체 어쩌다 마셨을지 궁금했다. 도착해서 얘기를 들어보니 역시 영화는 현실을 못 이긴다. 할머니와 꼬마가 슈퍼에 갔다. 꼬마는 알록달록한 페트병에 든 탄산음료를 골랐다. 할머니도 그게 탄산음료인 줄 알았으나 사실은 새로 나온 과일소주였다. 마트 주인 분은 할머니가 드실 술이라고 생각하고 계산을 해줬다. 그렇게 꼬마는 과일소주를 마시게 된 것이다. 품에 안겨서 술주정을 부리는 아이를 보고 있자니 처음엔 나도 모르게 웃음이 나와서 참느라 혼났다. 하지만 알코올은 어린이에게 치명적이기에 병원에 가서 위세척을 받아야 한다는 구급대원의 설명에 이내 진지해졌다. 적은 양이라 큰 문제는 아니어서 다행이었고, 우연이 겹치면 이렇게도 되는구나 싶었다.

기타 가슴아팠던 사건 · 사고

뿌듯하거나 미소가 지어지는 일만 있었던 건 아니다. 2~3주에 한 번 꼴로 시체를 봤고, 가슴 아픈 일도 많았다. 사실 죽은 사람을 보는 건 익숙해지면 그 자체로 충격적이거나 슬프지는 않다. 다만 가족이 슬퍼하는 건 보고 있기가 힘들었다. 병원에서 어머니의 사망 판정을 듣고 벽을 잡고 우는 남성을 봤는데, 살면서 중년 남성이 우는 걸 본 게 무척 드물어서 충격이 더 컸다. 특히 어린아이가 죽는 건 그 자체만으로도 안타깝고 슬프다. 난치병을 앓다가 죽은 아이를 통곡하며 어루만지는 아버지의 모습은 떠올리기만 해도 가슴이 저리다. 그 외에도 자살과 사고사는 자세한 사연은 몰라도 마음이 아팠다. 한번은 저녁에 내무반에서 뉴스를 보는데 칼부림 사건이 나왔고, 나중에 돌아온 선임이 그 출동을 다녀온 이야길 해주기도 했다.

출동 나가면 인적 사항 기록을 위해 주소를 묻는데, 집이 없는 사람도 만났고, 영하 8도의 날씨에 문이 닫히지 않는 옥탑방에서 전기장판으로 버티는 할아버지도 만났다. 2미터 높이에서 떨어지고 두피가 찢어져 병원에 가서 촬영을 꼭 해야 한다고 말하니 돈이 없다며 괜찮다는 학생도 만났고, 집은 궁궐 같지만 거실 한가운데에 투병 중인 아버지가 환자용 침대에 누워 있던 광경도 봤다. 갑자기 뇌졸중이 와서 가족과 구급대원에게 욕을 하고, 마비된 한쪽 팔을 다른 팔로 들었다 놨다 하면서 "이게 왜 이러지?"라고 하는 사람도 봤고, 오토바이로 배달하다 사고가 난 외국인 노동자나 실리콘 공사를 하다가 고층 아파트에서 떨어진 사람도 봤다. 사실 건강하고 잘사는 사람들은 구급차를 부를 일이 거의 없다. 위험한 일에 종사하지 않는다면 더더욱 그렇다.

구급 출동으로 현실을 마주하다

상상 이상으로 힘든 환경에서 사는 사람들을 보며 비교를 통해 감사와 안도를 느끼기보다는 다행스럽게도 사람이 겸손해졌다. 나도 그 나름대로 역경을 헤치고 잘 성장했다고 생각했는데, 나는 사실 온실 속 화초였고, 내가 노력해서 이뤘다고 생각한 것조차 환경의 영향이 대부분이었다는 깨달음을 얻었다. 과연 저런 환경에 있었으면 내가 공부든 뭐든 집중할 수 있었을까? 일탈하지 않을 거란 보장이 있나? 물론 나쁜 환경에 있다고 모든 걸 이해하고 인정해줘야 된다는 것은 아니다. 하지만 내가 상상할 수 있는 그 이상 혹은 그 이하의 세계를 만나고 받은 충격은 환경의 영향이 생각보다 어마어마하다는 것으로 귀결됐다.

마이클 샌델의 책도 그렇고 능력주의나 공정에 대한 이야기가 많이 보인다. 하지만 거창한 논리나 데이터가 있어도 받아들이지 않을 사람에겐 아무것도 아니다. 나도 아마 그런 사람에 속했을 것이다. 구급 출동을 하며 현실을 마주하기 전까지는. 그 경험들 이후엔 잊을 수 없게 각인된 명제가 생겼다. 내가 잘해서, 노력해서 이룬 건 거의 없으니 당연히 내가 가진 것에서 넘치는 것은 나눠야 한다. 물론 나이가 들면서 '내게 필요한 것'의 기준이 점점 높아져 나눔이 쉬운 게 아니라는 생각도 들지만, 어쨌든 내가 가진 게 다 내 것은 아니라는 말이다.

혹시라도 타인을 동정하는 것처럼 들릴까 봐 조심스럽다. '내가 더 잘났고 그러니 잘난 내가 도와야지'처럼 들릴까 봐. 하지만 저때의 구급 출동 경험이 없었다면 아직도 남을 도와야 하는 이유에 대해 피상적인 의견만을 가졌을 것이다. 그래서 골자는 '내가 이룬 것의 대부분은 환경의 영향이 크니 난 아무것도 아니고, 그렇기에 돕는 게 당연한 이치다'라는 것이다.

완전한 고독과 무너지기 시작하는 세계

나를 키운 8할은

"완전한 고독 속에서 무언가를 찾고, 만나고 올 거라고 생각했어."

귀국하고 종종 엄마한테 여쭤봤다. 왜 남극 가는 걸 말리지 않았느냐고. 어떻게 그렇게 흔쾌히 보내줄 수 있었느냐고. 그리고 가장 최근에 들은 대답이 바로 저 문장이다. 저런 질문을 한 이유는 트라우마가 생겨서 왔다거나 후회가 된다거나 하는 게 아니라(또 가고 싶다 정말!), 궁금해서였다. 나라면 자녀가 멀쩡히 대학을 다니다 소설을 하나 읽더니, 갑자기 휴학하고 남극에 가겠다고 한다면 일단 앉혀놓고 진득하게 이야기부터 해봤을 것 같은데. 그것도 늦둥이로 태어나 온갖 사랑과 보호를 받으며 자란 만 23세의 자녀라면.

그리고 무엇보다 출국 날 공항에서 찍은 영상 속 엄마의 얼굴이 저 질문을 하지 않을 수 없게 만들었다. 일기장엔 내가 심란해하고 엄마가 평안해한다고 적혀 있고, 내 기억에도 그랬는데, 귀국해서 돌려본 영상은 달랐다. 엄마의 얼굴은… '자식을 남극에 보내는 어머니의 얼굴'이라고밖에 할 수 없는 표정이었다. 약간의 슬픔, 착잡함, 기대 그리고 그걸 드러내지 않으려는 노력까지. 내가 눈치채지 못한 건 그날 정신이 없어서도 있겠지만, 이런 이유도 있지 않았을까.

그리고 이어지는 말씀.

"네가 해온 선택들을 보면 인도하심이 있는 것 같다."

돌이켜보면 처음 요리를 하겠다고 했을 때도 반대하시기보단 말없이 뒤에서 묵묵히 기도하고 응원하고 걱정해주셨다. 내가 남극에 있는 동안 엄마도 정년퇴임을 하시는 등 많은 일을 겪으셨다. 예전엔 그냥 '남극'이니까, 캄보디아나 칠레 정도면 말리겠지만 '남극'이니까 말리지 못하신 게 아닐까 싶었는데, 역시나 부모의 마음은 그리 단순하지가 않은가 보다.

원래는 그날의 감정만 짧게 정리하려고 했는데 영상을 보면 볼수록 눈물이 날 것만 같아서 엄마의 말씀을 기록해두었다. 엄마의 대답을 모아보면, 한때 문학소녀였던 분다운 대답이다. 사실 난 단지 소설을 읽고 남극에 가고 싶어서, 가면 재밌을 것 같은데 관광 상품은 너무 비싸서 지원했던 건데.

그래도 그날의 일기장을 옮겨보자면 이렇다.

"출발이 다가오면 마냥 신날 줄로만 생각했는데 막상 가까워지자 심란해졌다. 이상한 기분. 먹먹. 막막. 착잡. 입대 전하고 비슷하면서도 다른. 오히려 어머니가 평안해하시고 내가 심란해하는."

"실감이 안 난다."

주변에서 종종 "도전정신이 많아 보인다", "자유로운 영혼 같다"라는 이야기를 듣는다. 하지만 어렸을 때부터 누구보다도 안정적인 삶의 중요성을 많이 들었고, 이를 지향하면서 살아왔다. 장사를 하는 집에서 태어난 엄마는 수입이 불안정한 것을 무척 힘들어하셨고, 월급이 꼬박꼬박 나오는 일을 하겠다고 굳게 다짐하여 선생님이 되셨다. 수십 번을 들은 이 이야기와 더불어, 아버지 나이 마흔 중반, 어머니 나이 마흔 직전에 태어난 나는 온갖 사랑과 관심과 보호를 받고 자랐다. 그 무엇보다 중요한 게 다치지 않는 것이었고 안전이었다. 그래서 시내버스를 제외하면 어떤 차를 타도 안전벨트를 꼭 매고, 담배는 입에도 대본 적이 없다.

남극에 다녀온 지금도 안정과 안전을 추구하는 성향이 크게 변한 건 없다고 생각한다. 하지만 남들은 자꾸 나를 도전적이고 자유분방한 사람으로 보니까 저렇게 키워지지 않았다면 어떤 삶을 살고 있을지 궁금할 때도 있다. 살아 있기는 할까 싶은 생각이 드는 걸 보면, 안전 지향적인 가정교육 덕분에 적당히 균형 잡힌 삶을 살아온 것 같기도 하다.

누나를 가지고 싶어요

"나의 세계는 일곱 살 때부터 무너지기 시작했다. 누나는 낳을 수 없다는 걸 깨달았을 때부터."

사실 나는 언젠가 책을 쓰게 된다면 첫 문장은 이렇게 쓰려고 했다. 앞 문장은 김연수 작가의 소설에서 영감을 받은 표현이다. 뒤의 문장은 일곱 살 때까지 부모님께 누나를 낳아달라고 조르다가(사촌누나가 나에게 잘해줘서 누나란 다 그런 존재라고 생각했나 보다. 물론 나중에 사촌누나와 그 친동생 사이를 보고 생각을 고쳐먹었지만), 그건 이루어질 수 없는 바람이란 걸 알아차렸다는 말이다. 둘을 합하면, 세상은 도대체가 내 맘대로 돌아가지 않는다는 걸 깨달았다는 뜻이다.

하지만 나는 계획과 예측에서 벗어나거나 틀어지는 걸 무척이나 싫어한다. 그래서 발견한 방법이 그 '계획과 예측'의

범위를 엄청 넓게 만드는 거다. 그리고 그게 가능하려면 어느 정도 준비가 필요하다. 마음뿐만 아니라 실제적인 준비. 가장 단순한 예로, 친구랑 약속을 6시에 잡았다면 7시까지로 생각하는 것이다. 당연히 내가 늦게 간다는 것이 아니라 상대가 그 정도까지는 늦는 걸 예상하고 감수한다는 말이다. 그리고 준비를 해야 한다. 친구가 늦었을 때에도 웃으며 만날 수 있는 마음과 그 마음을 만들어주는 무언가를. 대체로 그 무언가는 책이거나 약속 장소 주변의 볼거리였다. 이런 무언가가 없다면, 늦은 친구를 웃는 낯으로 반기기는 쉽지 않다. 적어도 "오늘 밥은 네가 사라" 정도의 말이라도 곁들이게 된다. 예시를 이렇게 들었지만 꽤나 거대한 일도 같은 방식이다. 그게 이루어지지 않았을 때의 플랜 B, C, D, E, F, G…를 만들어두는 것이다. 작게는 수강 신청을 위한 예상 시간표를 서너 개 정도 만드는 것부터, 크게는 휴학을 해버렸는데 남극에 가지 못하게 됐을 경우를 대비해 미술 학원을 알아보는 것까지.

때로는 당장 고르기 어려운 문제 앞에서 선택을 미루는 방향으로 작동하는 경우도 있다. 진로가 결정되지 않았다면 나중에 어떤 진로를 가지든지 도움이 될 만한 것부터 하는 것도 그런 예다. 대학에 가는 것일 수도 있고, 좋은 학점이나 대학원 혹은 전문직 자격증이 될 수도 있다. 블로그나 SNS에서 요리를 취미 이상으로 하는 사람 중 전문직을 가진 사람을 종종 볼 때면 괜찮은 삶이란 생각도 들었다.

그리고 기본적인 마음가짐에서 오는 것도 있다. 기독교도로서 내가 가진 생각 중 하나는 '모든 게 결국 신의 뜻대로 되고, 신은 선하다'라는 것이다. 이건 증명할 생각도 방법도 없고, 누군가에겐 받아들이기 정말 어려운 이야기라 조심스럽다. 그냥 믿어졌다고밖에 할 수 없는데, 비기독교인에겐 진인사대천명 비슷한 게 아닐까 싶다. 물론 내게 주어진 일을 열심히 해나간다는 가정하에 말이다. 단순히 일신의 안위를 위해서 믿는 건 아니고 내가 믿는 걸 표현하려면 더 깊은 설명이 필요하겠지만, 간단하게 말하자면 부수적으로 따라오는 패시브 효과 같은 것이다. 한 문장으로 표현하자면, '최선을 기대하되 최악을 대비하자' 혹은 유명한 누군가가 했다는 '꿈꾸는 리얼리스트가 되자'라고도 할 수 있겠다.

그리고 내가 싫어하는 것, 어쩌면 두려워하는 것일지도 모르는 건 미래가 눈앞에 보이는 것이다. 모순적인 말 같지만, '생각대로 되지 않는다는 것은 생각지도 못했던 일이 일어난다는 것'이라고 받아들이는 빨강머리 앤을 상상하면 조금이나마 납득이 가지 않을까 싶다. 사실 고등학생 때까진 평균적인 한국 청소년의 삶을 착실하게 살아냈던 것 같다. 일상에서 약간의 여유나 일탈을 즐기긴 했어도 큰 틀에서 보면 아주 벗어나진 않았다. 1000조x1000조 달러를 벌거나 전 세계 미디어의 70퍼센트를 장악하겠다는 치기 어린 꿈 같은 걸 제외하면 중 · 단기 목표가 많지 않았다. 여유와 일탈의 수준이 대학에 와서 증폭되며 문학회를 거쳐 요리를 위한 휴학에서 처음으로 큰 틀을 벗어났다고 생각한다.

물론 안정이 중요하지만, 최저 생계비가 충족된다는 가정하에 내가 30, 40, 50대에 어떤 삶을 살고 있을지가 빤히 보이는 인생이 싫다. 삶에 더 이상 새롭거나 설레는 일이 없다면 아쉬울 것 같다. 그렇다고 주 5일 출퇴근하는 직장인은 싫다거나 일 없이 유한계급이 되어 살겠다는 건 아니다. 무언가를 배우든, 10년짜리 프로젝트로 산을 옮기든 새로운 걸 접하며 재밌게 살고 싶다는 것이다. 그 점에서 유재석 씨가 〈놀면 뭐하니?〉에서 드러머, 요리사, 가수 등의 다양한 경험을 하는 게 약간 부럽다. 그렇다고 매달 직업을 바꿀 수는 없는 노릇이고, 국민 MC가 되는 길은 훨씬 더 어려워 보인다. 이것도 어쩌면 남극에서 깨달은 교훈처럼 같은 일을 새롭게 바라보는 걸로 해결해야 할지도 모르겠다. 뭘 하든 나만의 기준을 충족하고, 사회에 조금이나마 기여를 하면 된 거지 뭐.

꿈꾸고 경험하고 선택하라

"일곱 살 때 꿈이 뭐였나요?"

대화 소재가 떨어지거나 신비주의 콘셉트로 가고 싶을 때 말하는 회심의 문장이다. 기억이 안 난다며 별다른 말이 없어 대화가 툭 끊길 때도 있고, 과거사부터 진로 계획까지 이야기가 후루룩 흘러갈 때도 있다. 재미없더라도 꾹 참고 기다리면 내가 기다린 시간이 온다. 이야기를 끝낸 상대방이 묻는다. 당신의 꿈은 무엇이냐고. 그렇다. 사실은 내 얘기를 하고 싶어서 질문을 던졌다. 간파당하면 이보다 없어 보일 수 없겠지만, 꿈이라면 또 입이 근질거리거든.

기억나는 가장 어릴 때부터의 꿈을 순서대로 적어보자면

지휘자, 축구 선수, 성직자, 과학자, 물리학자, CEO, 작가, 기자, 요리사, 교장선생님, 미술가…. 그나마 1개월 이상 꿈으로 생각했던 것의 목록이 이 정도다. 믿는 대로 이루어진다는 신비한 자기계발서 같은 얘기를 하려는 건 아니고, 저 중에 실제로 이룬 것은 거의 없지만 이상하게 혹은 비슷하게나마 도달한 것이 있긴 하다. 지휘자는 못 됐지만 오케스트라에는 들어갔고, 축구 선수는 포기했지만 히딩크 감독에게 사인 받고 사진은 찍은 식이다. 아, 그래, 요리로 남극에도 다녀왔지. 그러고 보니 작가는 지금 이뤄가고 있는 중이기도 하다. 물론 아직도 작가님이라는 호칭(그것도 대부분 텍스트로 접하지만)은 매우 어색하지만.

지휘자의 꿈은 아마 일곱 살 때 가졌다가 여덟 살 때 흔적도 없이 사라진 것 같은데, 13년 뒤 스물한 살 때 군대에서 꿈으로 마주하게 됐다. 자다가 꾸는 거 말고, 아버지의 전화로. 정말 오랜만의 전화에서 아버지는 내게 지휘자를 할 생각이 없느냐고, 지금도 늦지 않았다고 하셨다. 그렇지. 지휘자는 아버지의 꿈이었다. 아들이 되었으면 하는. 바이올린을 시킨 것도 그 때문이었고, 온갖 교양을 갖춰주려고 노력했던 것도 당신의 바람을 투영한 게 아니었을까 싶다.

저렇게 많고 변화무쌍한 꿈을 가져봤지만, 지금은 꿈이 없기에 이른 시기부터 확고하게 진로를 정한 친구들을 보면 신기하기도 하고 가끔은 부럽기도 하다.

만약 생계가 완벽히 해결된다면 미술 작가가 가장 재밌을 것 같다. 내 직업 선택 기준 두 가지도 충족하고, 무엇을 해도 다 작품으로 녹여낼 수 있으니 가장 이상적인 삶을 살 수 있을 것 같다. 하지만 이건 연금복권 1등을 세 번 정도 당첨된 후에야 가능할 거고, 현재 그나마 가능성이 높아 보이는 진로는 로스쿨이다. 2학년 때까지만 해도 누가 로스쿨 생각 있느냐고 물으면 "음… 16퍼센트 정도?"라는 대답을 하곤 했는데, 이젠 그 세 배도 넘는다. 나를 잘 아는 사람이든 아니든, 주변에서 하도 추천을 많이 하기에 관심을 가지기 시작했다. 내가 생각하는 '안전망'을 만들 수 있으면서 사회에 기여할 가능성도 있어서 매력적인 옵션처럼 보인다. 처음에 추천받았을 때는 미래를 위해 현재를 희생하기 싫다고 고래고래 아우성치며 반대 의견을 표출했다. 여러 설득과 더불어 남극에서 돌아온 후에 상황과 무관하게 내가 행복한 게 중요하다는, 그럴 수 있다는 깨달음을 얻고는 더욱 구미가 당기기 시작했다. 하지만 아직도 고민 중이다. 중학교 친구에게 신나게 로스쿨 계획을 이야기했더니 "그래서 그거 하면 재밌을 거 같아? 왜 하는 건데?"라는 물음에 할 말이 없었기 때문이다.

그 외에도 기업에 가서 구르며 업무를 배우거나 스타트업에서 광범위한 일을 하는 것도 재밌을 것 같은데, 이것들 말고도 흥미로운 게 너무 많다. 아직은 하고 싶은 일이 많아 다행이다.

노후가 보장되는 최소한의 돈만 모으고 빠른 은퇴를 생각한 적도 있었다. 아직 취직도 안 했지만 15년 정도만 일하면 가능할 것 같았다. 자유로운 삶. 친구에게 이야기하니 "그럼 직업 활동으로 사회에 기여하는 건 고려하지 않는 거야? 15년 동안 돈을 목표로 사는 거 괜찮겠어?"라는 물음이 돌아왔다. 은퇴하고 오히려 돈 걱정 없이 사회에 기여를 할 수도 있고, 15년의 기간 동안에도 설마 돈만을 좇겠느냐고 넘어갔지만, 사실 허를 찔린 기분이었다. 최근엔 아주 적은 비율이지만 일 자체를 즐기는 사람들을 발견하며 나도 가능하지 않을까 싶은 희망이 생겼다. 또 내가 돈이 없어서 자유롭지 못했나 생각해보면 꼭 그런 것만도 아닌 것 같아서 오히려 생각이 많아졌다.

직업 말고도 언젠가 해보고 싶어 했던 것이 많다. 애나 윈투어 비서, 피아니스트 임현정 매니저, 베를린 필 총무, 정육점 아르바이트, 제3세계에 요리학교 설립, 갤러리 열어서 친구들 작품 전시, 도서관 만들기 등등. 애나 윈투어는 미국《보그》의 편집장인데 〈셉템버 이슈〉라는 다큐 영화를 보고 알게 되었다. 영화에서 혼자 많은 짐을 들고 다니는 게 안타까워 보였고, 인물 자체에 대한 흥미 때문에 보조를 하고 싶다는 생각을 했다. 영어를 원어민처럼 하진 못하니 결국 마음속의 꿈으로만 남았지만. 임현정 매니저도 다큐를 보고 그 사람 자체가 궁금해졌고, 콘서트에 가본 적도 있지만, 다른 재밌는 게 생겨서 접었다. 베를린 필 총무는 내 전공인 경제와 내가 좋아하는 음악을 섞어보다가 튀어나온, 실존하는지도 모르겠는 직업이다. 내가 봐도 허무맹랑한 이야기뿐이지만, 내 인생 자체가 허무맹랑한데 여차저차 여기까지 왔고, 유명한 사람들도 그런 것에서 시작했으니 괜찮지 않을까.

어쩌다 예전 기록을 보고 알게 된 것도 많은데, 5년도 더 전에 쓴 글에는 '극지방 여행하기'와 '오로라 보기'가 적혀 있기도 했다. 군대에서 막내라 힘들었는데 꿈을 먹고 살며 버티던 시기였다. '대륙별 3개월 이상 살아보기(여행)'도 쓰여 있는데, 남극 대륙도 쳐주나? 남극이랑 아시아를 제외하면 세 달은커녕 2주도 넘게 있어본 적이 없는데.

이렇게 많은 꿈을 가졌을 때마다 조사와 경험을 하면서 깨달은 몇 가지가 있다. 그리고 그중 하나는 아직 고민이기도 하다. 우선, 특정 직업 자체를 꿈으로 갖는 건 지양하자는 것이다. 꿈은 동사여야 한다는 유명한 선생님 말씀과 약간 비슷한 면도 있다. 기준을 세우고 그에 맞는 걸 찾아보거나, 좋아하는 분야의 다른 직업을 찾는 것도 도움이 된다는 말이다. 나 같은 경우엔 직업 선택 기준이 첫째는 창의적이고 생산적인 활동일 것, 둘째는 타인에게 기쁨을 줄 것이었고, 거의 모든 예술 분야가 그 기준을 충족했다. 그리고 그중에서 가장 좋았던 게 요리였는데, 요리사라는 꿈을 서서히 놓으며 요리 관련 다른 일을 찾아봤다. 푸드스타일리스트, 칼럼니스트, 식품공학자 등등. 결국 내가 원하는 건 요리를 직접 하는 그 자체라는 것을 깨달아 다시 돌아오고 고민하긴 했지만, 꼭 필요한 과정이었다. 이와 비슷하게 음악을 좋아했을 땐 피아니스트 매니저나 베를린 필 총무 같은 걸 꿈꿨던 것이다.

다음으로 깨달은 건 꼭 직접 해봐야 한다는 것이다. 경험해보지 않으면 모른다. 특히나 직업에 대해 가지고 있는 대부분의 생각은 판타지가 많은 것 같다. 마치 상담이 좋아 심리학과를 왔더니 통계학에 파묻혀 살게 되고, 시가 좋아 국문과에 갔더니 중세 국어와 음운론이라는 벽에 부딪히는 느낌이랄까. 요리사도 미디어에선 멋지게 불 쇼와 플레이팅을 하고 소금을 뿌려대는 모습이지만, 현실은 고강도 육체노동자나 마찬가지다. 그런데 여기서 고민이 생긴다. 요리에 발목까지 담

갔을 땐 아니다 싶어서 마음을 조금씩 접었다. 어쩌다 무릎까지 담그니 또 괜찮은 것 같다가도 허리춤까지 가니 이건 정말 아니다 싶었다. 그러다 보니 내가 더 깊이 들어갔을 땐 또 다르지 않을까, 대체 어디까지 가보고 판단할 수 있는 건가, 판단했을 땐 이미 늦은 게 아닌가 싶어졌다. 어쩌면 내 의지로 되는 부분이 굉장히 적을지도 모르겠다. 무릎까지 담가봤는데 괜찮아서 쭉 하다 보니 온몸을 담그게 되었고, 아닌 거 같아서 빠지려고 하지만 어느새 그 분야의 대가가 되어 있을 수도 있다. 아니면 그 모든 '아닌 것 같은 부분'을 껴안으면서 나아가야지만 되는 것일지도 모르겠다. 그렇다고 세상의 모든 직업을 경험할 수는 없지만, 간접이든 직접이든 어느 정도 경험하는 기회와 시간은 필요하지 않을까. 조금이라도 후회를 덜고, 선택한 후에는 돌아보지 않고 나아갈 수 있게.

레스토랑 아르바이트 후기

2학년 2학기에 가장 중요하게 생각했던 일이다. 이거에 비하면 학교는 취미로 다녔다고 할 정도로. '제3세계에 요리학교를 세워서 난민에게 희망을 주고 경제적 불평등을 해소하겠다'는 꿈을 이루기 위한 첫 발걸음이었다.

덕분에 원래는 화, 수, 목요일만 학교에 가는 시간표여서 매주 3박 4일 여행도 갈 수 있는 여유로운 학기였지만, 어쩌다 보니 그간 다닌 네 학기 중 가장 힘든 학기가 되었다. 일단 일을 하기 위해 수업 하나를 줄였기에 수업 듣는 시간보다 일하는 시간이 많았다. 거기에 출퇴근 세 시간 반은 덤.

첫 근무를 하고 돌아와 쓴 일기를 다시 보니 그때 일이 생생하게 떠오른다. 멋진 인테리어와 수많은 사람들이 분주하게 움직이는 오픈키친을 보면서 '내가 이런 곳에서 일하다니!'라는 생각과 함께 벅찼던 감정. 그리고 탈의실에서 기다리라고 해서 한 시간인가 기다렸는데, 알고 보니 내가 있다는 걸 아무도 기억하지 못해서 그렇게 됐던 해프닝.

사실 당시에는 어머니가 발을 다치셔서 내가 빨래를 제외한 모든 집안일을 하게 되어 진짜 힘들었다. 요리는 원래 내 몫이었지만 청소, 분리수거, 설거지에 통학하며 15학점 듣고 일까지 하려니까 억울할 만큼 여유가 없었다. 게임도 안 하고 놀지도 않고 그냥 삶을 살아가는 데만도 벅찬…. 일하는 시간을 줄일까도 고민했지만, 그래도 일정 시간 이상은 일해야 익숙해질 것 같아서 참았다. 실제로 근무하고 학교에 가서 밤까지 수업 들으면서 꽤 많이 졸았다. 죄송합니다, 김성현 · 김영한 교수님…. 그나마 다행인 건 중간, 기말 시험 기간마다 2주 가까이 근무를 빼주셨다는 것. 말씀드리기 전에 인터넷에서 찾아봤더니 원래 그런 거 안 빼준다는 글을 봐서 걱정했는데, "학생은 공부가 우선이지~. 대신 끝나면 성적표 가져와라"라고 하시면서 너무 흔쾌히 빼주셨다. 돌이켜보니 그날 근무자가 진짜 고생이었겠다 싶다.

근무 첫 3주 동안 컵 세 개에 접시 하나를 깨면서 쫓겨나는 거 아닌가, 난 왜 이렇게 일을 못하는가 하는 자괴감에 힘들었다. 출근할 때마다 뭔가 실수를 하거나 일이 터지거나 해서 마치 온갖 역경을 딛고 일어서는 청춘 순정 만화 주인공 같은 느낌을 받을 정도였다. 그 역경이 나 스스로 만든 게 차이점이랄까. 하지만 그 후 일을 그만둘 때까지 식기를 단 하나도 깨지 않았고 한 달 반쯤 뒤부터는 좀 익숙해지면서 그래도 평균 정도는 되지 않나 싶어졌다. 물론 나만의 생각이니까 같이 일한 사람들은 아닐지도 모르겠다.

일하는 시간에는 휴대전화를 가방에 넣어놓아서 한 번도 보지 않았고, 사진도 거의 찍지 않았다. 그나마 찍은 사진은 직원들 식사 때와 그만두기 직전에 동료들과 촬영한 게 전부다. 시간이 없기도 했고 그만큼 열심히 했다는 증거이기도 하지만 사진이 별로 없는 건 아쉽긴 하다.

개인적으로 좋은 직장의 조건에는 급여, 성장 가능성 혹은 재미, 복지, 직장 동료 정도가 있다고 생각한다. 그중 하나만 충족돼도 계속 다닐 만한 직장이라고 생각하는데, 여긴 성장 가능성(재미)과 직장 동료 두 가지나 충족했다. 아, 맛있는 걸 좋아하는 내겐 복지까지 해당될지도.

모든 게 처음이라 배우는 건 당연히 많았던데다가 같이 일하는 사람들이 너무나 좋았다. 여기 오기 전까지만 해도 주방은 뭔가 실수하면 윽박지르고 혼나고 소리치고 화내는 그런 이미지였는데, 여기 있는 분들은 전혀 그러지 않아서 놀랐다. 물론 내가 일하는 시간이 길지 않아서 그런 걸 수도 있지만. 다들 너무 착하고, 또 얘기해보면 순수한 분들이 많았다. 단순히 요리가 좋아서 조리학과 나오고 해외 유학까지 다녀온 사람들. 나도 내 나름대로 순수한 사람이라고 생각했는데, 난 그냥 세상에 찌든 잿빛 인간이라는 걸 깨달았다.

3개월쯤 일했을 땐가 어머니가 그러셨다. "네가 정말 이 일을 좋아하나 보다"라고. 그렇게 일하는 시간 좀 줄이라고 구박을 하시더니 웬일인가 싶었는데, 아침잠 많은 내가 8시에 꼬박꼬박 일어나서 출근하는 걸 보니 이제 알겠다고 하셨다. 뭐랄까, 드디어 엄마의 인정을 받은 느낌이었다. 1년 전쯤 요리를 그만두겠다고 하니 처음 내가 요리사가 되겠다고 했을 때 걱정을 많이 했다고 말씀하셨던 분이었는데. 하긴 나는 아침잠 진짜 많고 오전 약속은 70퍼센트 확률로밖에 시간 엄수를 못하는 사람이었다. 이번에 일하면서는 몸살이 나서 집에만 박혀 있다가 출근했던 하루를 빼면 단 한 번도 지각을 하지 않았다. 그때도 1분 차이로 지하철을 놓쳐서 얼마나 아쉬웠는데. 이게 참 재밌었던 게, 전날 밤에는 '아, 내일 출근이네. 하… 힘들겠다' 하면서 잠이 드는데 막상 아침에 일어나면 '와, 출근이다! 오늘은 무슨 재미난 일(맛있는 밥)이 기다릴까!' 하는 기대로 가득 차서 룰루랄라 출근을 하게 된다. 특히나 내가 딱 지하철역을 나올 때부터 듣는 출근 송이 있는데, 그거 들으면서 직원 전용 입구로 들어오며 문지기 아저씨랑 인사하고 백화점 냄새를 맡을 때는 정말! 기분이 너무 좋다. 막 신나고 짜릿하고. 지금 생각하니까 미쳤네, 진짜. 몇 개월 내내 저랬으니. 점심시간에 혼자서 막 40명 음료를 만들어낼 때는 장판교를 홀로 막아선 장비가 된 듯한 기분에 뿌듯함과 보람을 느끼기까지 했다.

근데 사실 이럴 수 있었던 이유는 어쩌면 내게는 이게 생계를 위한 일이 아닌, 배우는 과정으로 여겨서일 수도 있다는 생각이 든다. 돈을 벌려고 하는 일이 아니기에 더 즐길 수 있고 부담도 적고. 아니, 이게 제일 큰 이유였을지도.

여하튼 내 2018년 하반기를 쏟아 부은 곳인데, 후회는 없다. 인생에서 그만큼 기뻤던 적이 있나 싶을 정도로 실실 웃음이 나왔던 때다. 복학 준비 등 여러 일로 인해 그만두긴 했지만, 참 좋은 추억으로 남아 있다. 내게 사회를, 인생을, 일을 가르쳐준 루프탑, 안녕!

Part 3.

묻지도 따지지도 않고 일기를

시켜줘, 미술학과 복수 전공

2019년 5월 6일 월요일. '미대 복전을 해야겠다.'

2017~2018년쯤 미술을 복수 전공하면 재밌겠다는 생각을 한 적이 있다. 내 직업 선택 기준에도 부합하는 것 같아 지인들에게 동의를 구했다. "남은 학기 내내 울면서 과제에 찌들어 살다가 추가 학기까지 하고 겨우 졸업하고 싶으면 해"와 같은 대답을 듣고 바로 접어버렸다. 딱 한 명이 "무척 힘들긴 하겠지만 너라면 잘할 수 있을 거야. 잘 어울린다"라는 말을 해주긴 했다. 하지만 다른 이야기들이 너무나 무서워서 원전공이나 잘 마무리하자는 결론을 내렸다. 게다가 요리한다고 1년 휴학까지 했으니 평범한 졸업조차 내게는 사치로 보

였다.

그렇게 완전히 잊고 한 번도 되돌아보지 않았던 꿈이 2019년 봄 다시 기지개를 켰다. 전공이 재미없어서 평소 관심 있던 교육 관련 수업을 듣기로 했다. 과 규정상 교직 이수는 불가능했지만, 교양으로 인정된다고 해서 교직 수업만 네 개를 신청했다. 교직실무, 교육행정, 미술교육론, 가정교과논리논술. 마지막 수업은 뜬금없지만 '가정'이 들어가니까 요리학교 세우는 데 조금은 도움이 되지 않을까 하는 생각이었다. 그리고 그 강의 덕분에 미술을 다시 보게 됐다. 그 수업은 미술, 체육, 영상 등 맨 앞에 붙는 단어만 다르지 결국 다양한 전공 학생들이 모여서 교과논리논술을 배우는 강의였다. 나는 맨 앞에 가정이 붙었을 뿐. 그리고 거기서 만난 미술학과 친구들이 결정적 원인을 제공했다. 내가 본 다른 대학생하고는 달랐다. 자기만의 신념과 철학이 있으며 자유롭고 창의적인 것처럼 보였다. 미술학과의 수업 방식은 또 어떻고! 일주일간 자기가 고민해온 작품을 풀어내면 친구들과 교수님이 의견을 내주고 이를 바탕으로 다음 주에 더 발전된 결과물을 들고 온다. 그동안 내가 해온 리포트나 발표 준비들이 수동적이고 진부하게 느껴질 만큼 새로운 방식이었다. 나중에 알게 된 거지만, 교직 이수를 하는 친구들은 과에서 1~2등 하는 사람들이라 열의가 남다른 편이기도 했다. 게다가 무슨 짓을 해도 다 작품 구상이라는 핑계로 자유롭게 지낼 수 있고, 실제로 작품에 녹여낼 수 있으니, 이만큼 나에게 맞는 분야가 있을까 싶었다. 내가 생각하는 이상적인 대학생의 삶을 미술학과라면 이룰 수 있을 것 같았다. 마지막으로 솔직하게 미대생이라는 타이틀이 탐났다. 내게 '미대생'이라는 말이 주는 느낌은 그냥 '대학생'하고는 달랐다. 나와 다른 세상을 살아온 사람들이 모인 곳이기도 하고.

복수 전공을 해야겠다고 마음먹은 것도 아홉 시간 동안 미술학과 친구들과 이야기를 하던 중이었다. 그날 일기는 딱 두 줄만 있다. 미대 친구들 얘기와 "미대 복전을 해야겠다"라는 문장. 2주 뒤에 미술학과 사무실에 가서 복수 전공 신청과 함께 심사 날짜를 잡았다. 그로부터 3주 후에 그동안 만든 작품을 들고 가서 심사를 받았고 합격했다.

우리 학교 예술대학은 복수 전공을 학점 순으로 뽑는 게 아니라 따로 실기 심사를 한다. 연기예술학과는 연기를 보고, 미술학과는 포트폴리오를 제출해야 한다. 하지만 결심한 지 5주 만에 심사를 보게 된 마당에 차곡차곡 쌓인 포트폴리오가 있을 리 만무했고, 대신 작품을 만들어 가기로 했다. 만약을 대비해 부끄럽지만 초등학교 때부터 조금이라도 그렸던 건 다 모았다. 그나마 신입생 때 연필인물화를 배운 게 있어서 구색은 맞출 수 있었다. 그리고 작품. 원래는 그간 갔던 전시회 티켓들을 모아서 '이렇게 관심이 많으니 제발 붙여주세요'와 같이 동정심을 불러일으키려고 했다. 다행스럽게도 미술 전공 지인이 '그 티켓으로 작품을 만들면 어떨까'라는 의견을 제시해줬고, 티켓 = 기록물⇒일기장의 과정을 거쳐 소재를 일기장으로 바꾸기로 했다. 나만이 할 수 있는 걸 하자는 생각에 요리를 접목해 일기장을 튀겼다. 10년간 써온 일기장을 찢고 뭉친 후 밀가루-계란 물-빵가루를 입혀 140도의 기름에 집어넣었다. 열 시간 동안 밥도 물도 먹지 않고 만들었다. 모든 과정을 영상으로 기록했는데, 튀길 때와 자를 때는 지금 봐도 군침이 돌 정도다. 작품명은 〈현재의 두께〉이고, 별명은 '돈까스'다. 있어 보이는 저 작품명은 황현산 작가의 글 "미학적이건 정치적이건 한 사람이 지닌 감수성의 질은 그 사람의 현재가 얼마나 두터우냐에 따라 가늠될 것만 같다. (…) 어떤 사람에게는 눈앞의 보자기만 한 시간이 현재지만, 어떤 사람에게는 조선시대에 노비들이 당했던 고통도 현재다"에서 따왔다. 일기장이라는 나의 과거가 요리라는 재해석 과정을 통해 현재의 두께를 만들어 나간다는 의미였다. 철학과인 친구는 '위에서 보면 평면이지만 칼로 잘랐을 때 그

두께가 보이는 것처럼, 내가 쌓아온 것들도 극한의 상황이나 외부의 자극을 만났을 때 비로소 드러난다'라는 꿈보다 해몽 같은 해설을 덧붙여주었다. 내가 뭘 해도 칭찬하거나 좋다고 하는 법이 없는데 거의 유일하게 칭찬해주며 해석을 덧붙여준 일이기도 하다. 각 과정을 편집한 영상, 구상 과정을 적은 작가 노트와 단계별 사진 및 구도별 사진을 큰 도화지에 붙여서 설명 자료를 만들었다. 심사 당일에 조리복과 조리모도 챙겨서 입고 갔는데, 교수님들께서 옷부터 굉장히 좋아하셨다. 작품 설명을 들으시더니 영상은 안 봐도 된다며 왜 오려는지, 부모님은 반대하지 않으셨는지 등을 물어보셨다. 위의 이야기들과 작품을 만들어보니 내가 이걸 정말 좋아하더라는 이야길 했고, 결과는 합격!

그렇게 미술학도로 보낸 기간은 강렬함으로나 지속성으로나 인생에서 제일 행복했던 한 달이었다. "이렇게 행복할 수도 있구나"라고 일기에 쓰여 있다. 왜 한 달이냐면, 한 달 다니다 휴학하고 남극으로 도망가서 그렇다. 사실 남극에 가지 못하게 되더라도 휴학을 결심했다. 넘치는 패기로 수강한 일곱 개의 전공과목과 그중에 실기 과목이 여섯 개라는 것이 무엇을 의미하는지 그제야 깨달았기 때문이다. 짧았지만 교수님과 친구들 덕분에 아트페어와 전시 오프닝에도 가서 정말 새로운 세계도 봤고, 부수적으로 얻은 효과도 있다. 그동안은 '미술관에 가는 나'를 더 좋아했다면, 미술을 더 배우면서는 가서 작품 보는 것 자체를 더 좋아하게 되었다. 그리고 회화를 좋아하게 되었다. 그전까지는 뭔가 움직이거나 3D인 작품을 좋아했고 회화는 새로울 게 없다고 생각했는데, 알면 알수록 회화가 매력적으로 다가왔다. 그렇기에 좀 더 행복하고 감동받을 기회가 늘어났다. 지나가다 보이는 작은 갤러리들 속에 머무는 작품 중 대부분이 회화이기 때문이다.

남극에 가서도 시간이 나면 그림 연습을 하려고 했는데, 워낙 못 그리니 재미가 없어서 그만뒀다. 얼른 코로나가 잠잠해져야 복학 전에 잠깐이라도 미술학원을 다닐 수 있을 텐데. 미대생인 걸 알리면 부끄러우니까 뒤늦게 꿈을 찾은 늦깎이 입시생으로 들어갈 계획까지 세웠다. 미술학원 선생님까지 이 책을 보게 돼서 내 정체를 알아버리면 나한테 더 좋은 일이려나?

책 쓰기의 기쁨과 슬픔

만약 내가 책을 쓴다면(남극에 가는 것처럼 흔치 않은 기회겠지만) 빨라야 마흔 살 정도가 될 거라고 생각했다. 그것도 자비출판으로. 정말 엄청나게 성공해서 출간 문의가 쇄도한다면 서른다섯 살쯤. 그런데 그보다 10년이나 앞당겨졌다.

7월 말, 브런치를 통해 출간 제안이 왔다. 처음엔 믿을 수가 없었고 나중에는 얼떨떨했다. 하는 게 맞을까, 할 수 있을까, 부끄럽거나 후회하지 않을 글을 쓸 수 있을까 등등 생각이 많았다. 첫 책을 만들면 제목이나 부제를 '나무야 미안해'로 하겠다고, 처음 쓰는 거니 나중이 되면 무조건 부끄럽지 않겠느냐고 친구들과 농담을 했던 것도 떠올랐다. 그럼에도 제안에 응한 건 에디터님이 '단순히 남극에 다녀온 경험만이 아니라 다른 스토리와 가치관을 책으로 엮어보면 좋겠다'고 하셨기 때문이다. 처음에는 '남극이라는 신비한 곳에 다녀온 사람'이라고만 생각했는데, 내 SNS와 인터뷰 등을 보고 생각이 조금 달라지셨다고 했다. 내 인스타그램을 보셨다니. 조금 부끄럽긴 했지만, 한편으론 '내가 이런 사람인걸 아는데도 출간 제의를?' 하는 생각에 더 신뢰가 갔다. 그 외에도 좋은 경험이 되고, 이걸 시작으로 다른 기회도 찾아오지 않을까 하는 기대도 있었다. 출판사 또한 평소 좋아하던 박정민 배우님의 에세이가 나온 곳이라 호감이 갔다.

그리고 재밌을 것 같았다. 스물다섯 살에 책을 쓰는 경험을 하게 된다니. 그것도 자비 출판이 아니라 출간 제의를 통해서라니. 그 모든 과정이 정말 기대됐다. 마지막으로 정말 중요하게도, 내 돈 나가는 게 아니니까.

휴학 중이지 않았으면 훨씬 더 고민했을 것 같다. 코로나로 인해 사람도 거의 못 만나고 집에서만 지내기에, 예전처럼 운동이나 기타 취미를 배울 수도 없기에 알찬 시간을 보내기 위한 마음도 컸다.

그렇게 마음을 가다듬고 답장을 보냈다. 그런데 연락이 없었다. '그럼 그렇지. 누군가 장난을 친 거구나. 막 책을 쓰고 싫어 하는 치기 어린 사람으로 알려지면 어떡하지. 부끄럽다. 이런 장난에 넘어가다니. 그래도 메일이 정말 정성스럽고 정교했는데….' 그래도 희망을 붙잡고 이번엔 카톡으로 연락을 드렸더니 답장이 왔다. 휴우! 장난이나 사기는 아니구나. 지금 돌이켜보면 메일을 보낸 지 이틀도 되지 않았는데 별 생각을 다 한 것 같아 그런 상상을 했다는 게 부끄럽다.

그렇게 미팅 날짜를 잡고 직접 만나서 이야기를 나눴다. 예상과 달리 책 이야기보다는 미술을 어쩌다 전공하게 되었는지 등 내 생각이나 에피소드들을 물어보셨다. 출간 제안서는 그 후에 보여주셨는데 어느 정도 회사랑 논의를 하고 오신 거라 놀랐다. 나를 만나고 책을 쓸 만한 사람인지 확인 후에 논의를 하실 줄 알았는데. 그리고 내 이야기들 중에서 몇몇 주제를 짚으시며 샘플 원고를 보내달라고 하셨다. 이때 출간 과정이나 출판업계 자체에 대한 질문도 많이 했는데, 친절하고 솔직하게 답해주셔서 믿음이 갔다. 그때 들은 설명으론 샘플 원고-가목차-계약-원고 작성-출간이 대략적인 출간 과정이었다. 원고를 마감하고도 출간까지 최소 3개월이 걸린다는 말에 생각보다 길어서 놀라기도 했는데, 지금 생각하면 3개월이면 정말 빠른 게 아닌가 싶다.

샘플 원고도 반응이 좋았고, 생각나는 대로 정리한 가목차도 괜찮았다는 말과 함께 계약 이야기가 나왔다. 첫 미팅부터 여기까지 한 달 남짓 걸렸는데, 너무 일사천리로 진행되어 불안할 정도였다. 다행히도 계약서 수정 사항을 반영하고, 에디터님 일정하고도 맞추느라 계약서에 도장을 찍기까지 한 달 정도가 더 걸렸다. 덕분에 한 달을 더 편한 마음으로 놀았다. 도장을 찍으면 꼼짝없이 매주 글을 써야 했기에 마치 입대 전에 실컷 노는 심정이었다. 계약은 코로나로 인해 우편으로 진행했다. 황토색 봉투에 쓰여 있는 '김인태 작가님'이라는 글자가 얼마나 부끄럽고 어색하면서도 좋던지, 초등학교 때 짝사랑이 생각날 정도였다.

검색해보니 출간 직전에 책이 엎어진 사람도 있고, 원고를 마무리했으나 출간이 늦어진 사람도 있다고 해서 주변엔 거의 알리지 않았다. 원고 피드백을 부탁할 사람들과 책에 대화나 에피소드를 넣어도 될지 물어봐야 할 사람들에게만 소식을 전했다.

책을 쓰는 과정은 쉽지 않다. 본격적으로 쓰기 전부터 '글빚이 제일 무섭다'는 말이나 '창작의 고통' 등의 이야기가 떠오르며 눈앞이 캄캄해졌다. 글이라는 게 언제나 마음대로 써지는 것도 아니기에 결과물이 맘에 안 드는 경우도 참 많다. 오죽하면 필력 좋은 친구조차 결과물이 맘에 안 들어서 글을 아예 안 쓴다고 할까. 맞는 말이다. 열심히 썼는데 맘에 드는 경우가 열에 한둘 정도라면 실망하기 위해 노력한다는 얘긴데, 누가 그런 노동을 좋아할까.

그래도 장강명 작가의 《책, 이게 뭐라고》를 읽고 생각이 조금 바뀌었다. 육체노동에 비하면 글쓰기는 아무것도 아니라고, 그 둘을 비교하는 사람은 육체노동을 안 해본 사람일 거라는 이야기였다. 남극에서 열두 시간씩 요리했을 때를 생각하면 글쓰기의 고통은 훨씬 견딜 만한 것 같다. 다만 결과물이 랜덤일 뿐.

하루키 작가의 말대로 쓰고 싶은 마음이 퐁퐁 샘솟을 때만 쓰면 참 좋겠지만, 이 글을 쓰는 시점까지는 절반 정도만 그랬던 것 같다. 이 모든 조건에도 쓴다. 아무튼 쓴다. 어디서 주워들은 것처럼 노동의 형태로 매일의 루틴처럼 쓰기로 했다. 처음엔 주 5일을 하다가 꿈의 직장의 조건인 주 4일로 바꿨다. 물론 퐁퐁 샘솟으면 언제고 쓴다. 주 4일, 하루에 네다섯 시간을 최소로 잡고, 나머지 날에는 원고 생각은 아예 안 하기로 했다. 그러면 오히려 글감이 떠오를 때가 많았다. 가장 많이 쓸 게 생각난 시간은 샤워할 때인데, 그 15분 남짓한 시간 동안 세 개씩이나 떠오른 적도 있었다. 일하면서 글 쓰는 경험을 하고 싶어 단기 아르바이트 자리를 구하기도 했는데,

새로운 생활에 적응하느라 막상 글은 거의 쓰지 못했고 피곤함, 게으름과 싸우기 바빴다.

소재가 떠오르고 글이 잘 써질 때의 쾌감(창작의 쾌감)은 일상에서 맛보기 힘든 종류의 행복이다. 내가 몰입하고 있다는 걸 깨달을 때면 머리 꼭대기에서 행복감이 뿜어져 나오는 기분이다. 게다가 글을 쓸 때만큼은 모든 걱정이 사라진다. 대신 나머지 시간에 글을 어떻게 쓸까 고민이 늘어난다. 글쓰기는 정말 무엇이든 내 맘대로 할 수 있지만 내 생각대로 되지는 않는 행위다.

한 달간 글이 스무 꼭지씩 흘러나왔던 적도 있고, 2주간 아무것도 못한 적도 있다. 휴학생이라 아무것도 안 하던 상태였는데도 그 어떤 것도 할 수가 없었다. '기한에 맞춰 원고를 넘길 수 있을까? - 유명한 사람들조차 책을 쓰지 않는 경우가 많던데, 내가 뭐라고 이걸 수락했을까? - 그래도 계약금을 받았으니 써야지'의 굴레에 빠져 허우적대던 슬럼프 기간도 있었다. 아무리 앉아 있어도 새로운 게 없고, 써둔 원고들은 고칠 게 없어 보이거나 손대기도 싫은 총체적 난국이었다. 그래도 언젠가는 나아지겠지, 잠시 지나가는 거겠지 하고 계속 앉아 있으니 결국 벗어나게 되긴 했다. 시간이 약인 셈이었는데, 주변의 좋은 피드백이 그 약효를 증폭해주어 생각보다 빠르게 탈출할 수 있었다.

그리고 내 기억도 복기하고 나중에 책 홍보에도 도움이 될 것 같아 남극 일기를 연재하기 시작했다. 지원하게 된 동기부터 면접과 훈련, 출국과 남극에 들어가기 그리고 그 이후의 생활을 1년 전 날짜에 맞춰 일주일에 한 번 꼴로 정리해서 올렸다. 일기장을 뒤적이다 완전히 잊고 있었던 감정이나 사건을 발견하고, 사진첩을 돌아보며 그때 분위기를 느낄 수 있었다. 브런치에 썼던 글이 다음과 카카오톡 메인에 올라가서 지인들에게 연락이 오면 부끄러우면서도 뿌듯했다. 인스타그램에서 유명한 작가에게 남극 사진들을 팬 심 차원에서 보냈더니 나를 태그해주셔서 팔로워가 두 배 넘게 늘기도 했다. 이 자리를 빌려 펀자이씨툰 작가께 감사드린다. 또 그 과정에서 간간이 좋은 글이 나와서 원고를 보완할 수 있어 큰 도움이 되었다.

피드백은 어떤 말을 들어도 상처가 되지는 않을 관계인 사람들에게만 부탁했다. 다들 착해서 칭찬이 반 이상이었는데도 부족한 부분에 대한 이야기는 처음엔 일주일 넘게 마음을 어지럽히기도 했다. 시간이 지나고, 장강명 작가가 《한겨레》에서 연재하신 〈책 한번 써봅시다〉를 읽으며 마음을 가다듬으니 다시 쓸 의욕이 생겼다.

또 한 가지 나를 부담스럽게 했던 건 주변의 반응이었다. 내가 책을 쓴다는 걸 아는 사람들은 내가 일상적인 이야기를 하거나, 뭘 물어봐도 혹시 나중에 책에 쓰려고 하는 거냐면서 조심스러워했다. 사실 주변이라고 해봤자 엄마가 거의 전부긴 하지만, 집에 있는 시간이 많다 보니 이것저것 대화를 할 때 약간 불편했다. 일상 툰을 그리는 작가들의 고충이 조금이나마 느껴졌다고 할까.

내가 찾아본 거의 모든 글에서 에디터의 말을 듣는 게 낫다고 강조했다. 분량을 줄이라고 했는데 반대로 늘려도 좋으니 수정 사항(어쨌거나 분량이 문제니까)을 반영하고 제안을 받아들이라는 것이다. 나 또한 원고를 모아서 보내고 편집 팀으로부터 첫 피드백을 받았을 때 즉각적으로 반발심이 들었다. 하루가 지나면 생각이 달라질까 싶었는데 그대로여서 적어둔 걸 그대로 보냈다. 메일 끄트머리에 '방어하려는 습관이 나오네요'와 같이 소심한 문장을 덧붙이긴 했지만, 요지는 피드백이 맘에 들지 않는다는 것이었다. 하지만 놀랍게도 피드백을 읽으면 읽을수록 맞는 말처럼 느껴졌고, 며칠 뒤에는 거의 모든 제안 사항에 수긍할 수 있었다. 조금의 차이인데도 글이 훨씬 읽기 편하고 깔끔해지는 게 아직도 신기하다. 역시 전문가의 손길이란.

이 글은 책을 쓰는 내내 덧붙이고 수정해가며 세 달 넘게 작성했다. 그리고 이제 마감이 다가왔다. 누가 영감의 최고 원천은 마감이라고 했지? 머리를 쓰다듬어주고 싶다. 커피를 마시지 않아도 새벽 1시에 머리가 팽팽 돌아가고 글이 쭉쭉 써진다. 오탈자가 보이고 어긋난 주술 관계가 눈에 들어온다. 그동안 마감 없이 쥐어짜내어 글을 쓴 게 안타까우면서 대단할 정도다. 하지만 딴짓이 재밌는 건 시험 기간뿐 아니라 마감에도 적용된다는 걸 깨닫는 시간이기도 했다. 낮에는 뭘 했기에 새벽 1시에 원고를 붙잡고 있는 걸까, 나는?

원고를 넘기고 교정과 표지 선택과 인쇄의 모든 과정을 담고 싶지만, 그럴 수 없어서 아쉽다. 책이 많이 팔리면 다음 책이나 개정판을 쓸 기회가 생길 수도 있으니 많이들 사주시고 도서관에 신청해주시길 부탁드린다.

요리사를 포기한 열두 가지 이유로이유

종종 "그래서 요리사 할 거야?"와 비슷한 질문을 받는다. 그 대답으로 '내가 요리사를 포기한 열세 가지 이유'라는 제목으로 일기에 쓴 글이 있다고 말해주었다. 인터넷에 글을 쓸 때도 몇 번 인용했던 기억이 난다. 그런데 이번에 일기장을 다시 펼쳐보니 '내가 요리사를 하지 않는 이유'라는 제목이었고, 열세 가지도 아니었다. 열세 개 정도는 되어야 멋질 텐데. 당시 정리한 건 여덟 가지였고, 계속 추가되어 이제는 열다섯 개 가까이 된다. 그 이유 중 공개할 수 있는 것을 정리해보면 이렇다.

첫째, 애초에 요리사를 하면 충족될 줄 알았던 게 충족이 안 된다. 사람들에게 기쁨을 주는 건데 막상 가족, 지인에겐 시간과 여건상 못해준다. 모르는 타인에게 돈 받고 요리해주고 고맙다는 말을 듣는 건 기쁨이 덜하다. 내가 유명해지면 요리 봉사 같은 것도 가능하겠지만, 그렇게 되기까지의 과정은 너무 길다. 차라리 다른 걸 하자.

둘째, 내 목표에 도달하게 되면, 내 요리는 상위 1퍼센트의 사람들이 주로 와서 즐기는 요리가 될 것이다. 한 끼에 20만 원씩 지불할 수 있는 사람들이 주 고객일 테니. 99퍼센트를 품고 갈 수 없는 건 하기 싫다. 그렇다고 하루에 500그릇씩 파는 맛집을 하기도 싫다.

셋째, 힘들다. 엄청 힘들다. 정말 어마어마하게 힘들다. 하는 일에 비해 급여가 적다. 요리를 제대로 하면 음식이 보기도 먹기도 싫어질 때가 있다. 퇴근하면 요리 관련 정보는 볼 생각도 안 했다.

넷째, 주변인들의 집에 가서 요리를 대접해보니 요리사가 되지 않아도 내가 요리로 추구했던 목적을 이룰 수 있을 것 같다.

다섯째, 내가 더 잘하는, 또한 타인에게 좋은 영향을 줄 수 있는 다른 무언가가 있을 것 같다. 내가 해온 모든 것 중에서 가장 노력 대비 성과가 나지 않는 분야다.

여섯째, 사람마다 입맛이 다르기에 모든 그리고 한 개인에게 최대 만족을 줄 수 없다. 극소수 혹은 개인 맞춤 요리를 해야 하는데, 개인에게 고용된 요리사가 아니면 그 사람이 살아온 인생, 집안 환경에 따른 맞춤 요리가 불가능하다.

일곱째, 장소 · 분위기 · 감정 등이 맛에 영향을 준다. 요리 자체의 완성도가 아니라, 내가 통제할 수 없거나 요리와 관련이 적은 것들이 맛 평가에 개입되는 게 싫다.

여덟째, 기록으로 남길 수 없다. 사진으로 남긴다고 해도 그 맛까지 느껴지게 할 수는 없다. 순간만 존재한다는 점에서 더 매력적일 수도 있지만, 다른 예술처럼 200년 뒤에도 내 요리를 맛보고 감동받게 만들 수는 없다.

아홉째, 요리할 때 날카로워진다. 이상하게 요리를 할 때면 욕심 때문인지 날카로워진다. 평소와 달리 목소리가 높아질 때도 많고 화도 내는데, 이런 나를 발견할 때마다 후회스럽고 싫다.

열째, 가장 빠르고 편한 길은 외국 유학인데, 돈이 너무 많이 든다.

물론 이 이유들에 대한 반론을 다 찾았다. 단 한 가지 빼고. 바로 다섯째 이유다. 지속적으로 시간이나 노력을 많이 투자했는데도 부족한 부분이 너무 많았다. 내가 요리를 특별히 못

하는 건지, 다른 모든 걸 특별히 잘하는 건지는 모르겠지만, 투입 대비 효율이 너무 낮았다. 그동안 너무 쉬운 것들을 쉬운 길로만 하고 살았던 걸까?

그 이후 '요리사가 되면 돈을 받고 음식을 판매해서 수익을 내야 하니까' 등이 생겼다. 첫째 이유의 확장 개념이라고도 볼 수 있는데, 취미나 지인에게 해줄 때는 돈 걱정 없이 할 수 있지만, 직업이 되는 순간 수익을 생각해야 한다는 얘기다. 음식과 공간의 질을 타협하긴 싫기에 결국 음식 가격을 올려야 한다. 그렇게 되면 내 음식을 먹을 수 있는 사람들이 줄어들기에 둘째 이유와도 연관이 된다. 셰프들이 파인다이닝 레스토랑 수익률이 일반 식당보다도 훨씬 적다고 하는 걸 보면 그 수익조차 그리 높지 않은 것 같다. 다들 요리가 좋아서 그 고생을 하는 거다. 세상에. 좋은 이유도 셰프들에게 물으면 저마다 달랐다. 누군가 맛있게 먹어주는 게 좋은 사람도 있고, 그와 상관없이 예술가처럼 머릿속에 있는 그대로 구현이 될 때가 좋아서 요리를 한다는 사람도 있다. 나? 나는 반반인데 어쩌면 두 이유 다 요리사를 할 만큼 강하지는 않았던 건가 싶기도 하다.

이런 기준들을 생각하면 남극에서 요리하는 건 내게 굉장히 좋은 기회였다. 재료를 마음껏 쓸 수 있고, 월급 또한 보장이 되니 돈 걱정을 안 해도 된다. 게다가 내 음식을 먹어주는, 함께 생활하는 사람들이 있다는 건 거의 유토피아처럼 보였다. 남극에 가서도 일이 힘들 때면 이 생각을 하며 마음을 다잡기도 했다.

그래서 지금은 어떠냐고? 일단 졸업부터 해야 되니까, 그리고 여긴 남극이 아니니까 요리를 직업으로 삼을 가능성이 높지는 않다. 아, 물론 남극에 다시 보내준다는 조건이 붙으면 얘기가 좀 달라질 수도 있다.

묻지도 따지지도 않고 일기를

“저희 회사는 3년 이상 일기를 쓴 기록이 있으면 묻지도 따지지도 않고 입사를 시켜줍니다!”

내가 해온 대부분의 일이 그렇듯 일기도 알고 보면 조금은 김빠지는(소박한) 이유에서 쓰기 시작했다. 일기가 의무였던 초등학교 시절 이후 자의로 처음 썼던 건 고등학교 입학 직전이다. 당시 학교에서 입학 전에 학생들에게 공부법을 비롯해 여러 강의를 해줬다. 그중 프랭클린 플래너에서 오신 강연자분이 다이어리 쓰기의 중요성을 설파하셨다. 그 강연 중 한마디가 내 마음을 사로잡았다. 바로 저 위의 문장. 이 말은 내 머릿속에 ‘아, 그럼 인생이 망해도 일기만 꾸준히 쓰면 먹고살 수는 있겠구나'로 변질되어 각인되었고, 그때부터 지금까지 10여 년간 일기를 쓰고 있다.

시작은 굉장히 속물적인 동기였지만, 쓰다 보니 좋은 점이 있어서 계속 쓰게 됐다. 고등학생 때는 야간자율학습(야자) 끝나기 10분 전에 썼는데, 일기를 쓰는 정해진 시간이 있는 만큼 쓰기를 지속하는 데 큰 어려움은 없었다. 사실 그때는 일기의 장점을 잘 깨닫지도 못했고 내용도 절반 가까이는 누굴 좋아하는 뭐 그런 얘기였지만. 고등학교 졸업 후엔 야자가 없어서 시간을 따로 내야 하는 만큼 매일 쓰지 못할 때가 많았다. 동아리 뒤풀이까지 하고 오면 새벽 1시는 훌쩍 넘었고 통학생은 6시 반에 일어나야 겨우 1교시 지각을 면할 수 있었기에 쓰러져 자기 바빴다. 그럴 땐 그날의 키워드만이라도 두세 단어로 적어뒀다가 나중에 며칠씩 몰아쓰기도 했다. 그래도 하루 동안 느꼈던 생생함은 그날 적어야 제일 잘 살아 있는 것 같다. 물론 그만큼 부끄러운 기록이 되기도 하지만 이건 독자가 나뿐이니까! 일기를 쓴 지 6년쯤 되어서야 일기 쓰면 뭐가 좋으냐는 질문에 회사 입사가 보장된다는 것 외의 답을 찾았다. 특정 시점의 일이나 생각을 알 수 있다는 게 가장 표면적인 이유다. 작년 7월 19일에 뭘 했고 무슨 생각을 했는지 기억하는 건 불가능에 가깝지만, 일기를 찾아보면 알

수 있다. 다음으론 특정 사안에 대해서 내 생각이 변하는 걸 볼 수 있어서다. 하지만 내가 많이 성장했고 변했다고 생각하고 옛날 일기를 뒤져보면 사람이 너무 똑같아서 놀랄 때가 종종 있다. 사실 그럴 때가 대부분이다. 특히 'Q&A 5년' 같은 건 3~4년 전과 똑같은 문장을 쓰다가 놀란 적이 한두 번이 아니다. 어쩌면 일기는 '사람은 쉽게 변하지 않는다'는 명제를 깨닫게 해주는 도구일 뿐인지도 모른다. 그래도 가끔 보면 '내가 이랬다고?' 싶은 부분이 있어서 그 재미에 계속 쓰게 된다.

특정 키워드를 검색하기가 힘들어서 컴퓨터로 작성할까도 고민했다. '그때쯤 이런 생각을 했겠지' 싶어서 찾다 보면 앞뒤로 몇 개월 치 일기를 뒤지는 경우도 많았다. 하지만 종이에 펜으로 쓰는 그 느낌이 너무 좋은데다 쌓여가는 공책을 보면 뿌듯하고, 혹시나 해킹을 당할 염려 때문에 아직까지도 아날로그를 고수하고 있다. 게다가 그 몇 개월 치 일기를 보면서 추억에 젖을 수도 있고. 물론 다 바쁘지 않을 때나 좋은 이야기다. 시간이 남아돌았던 군 시절에는 권마다 맨 앞에 주제를 정리한 표를 만드는 인덱싱 작업도 했는데, 제대 후엔 다시는 하지 않았다. 세상에 재밌는 게 얼마나 많은데 나만 볼 거를 인덱싱까지 하나(물론 덕분에 이 글을 쓰는 데 도움이 되긴 했다).

간혹 가다 일기를 써왔다는 타인을 만나면 화들짝 놀라곤 했다. '아니, 이 사람은 대체 왜 쓰기 시작한 걸까? 대체 얼마나 이상한 사람일까?' 하는 생각이 먼저 들었다. 일기를 꾸준히 쓴다는 게 그리 쉬운 일은 아니기도 하고, 나만의 특별함을 뺏겼다는 시기심도 들어서 그랬던 것 같다. 나는 인생 막 살아도 어떻게든 먹고살기 위한 보험으로 시작했는데, 당신은 대체? 그 후로도 몇 명을 더 만나니 이젠 '아, 이 사람은 자기애가 얼마나 넘치는 사람일까!' 하는 생각이 든다. 독자가 오로지 한 명, 자기 자신인 글을 꾸준히 쓴다는 것은 여간 자기애가 흘러넘치지 않고는 지속하기 어렵기 때문이다.

일기장 외에도 최근엔 인스타그램을 자주 이용하는 편이다(물론 나만 봐야 될 수위인 것들은 일기장에 따로 기록하고). 특히 스토리에 주저리주저리 그날 있었던 일이나 생각 중에 남에게 들켜도 될 만한 걸 전시해놓는다. 너무 길어서 읽기 싫다고, 안 읽게 된다고 타박하는 친구도 많다. 팔로워 많은 친구들의 힙하고 간결한 스토리를 보면 내 거는 참 조악하다는 생각이 들 때도 있다. 하지만 내 스토리를 읽는 게 남들이 내 일기장을 훔쳐보는 거라고 생각하면서부터는, 내 맘대로 해도 되는 공간이라는 생각에 내 방식을 고수하기로 했다. 미니멀리즘의 전성시대에 나 같은 맥시멀리스트 한 명쯤 추가되어도 괜찮잖아? 게다가 1년 전 오늘같이 강제로 추억 여행도 보내주고, 사진까지 보여주니 더 생생하다.

그러니 모두 일기를 쓰자. 내가 최후의 보루로 일기를 썼듯이 대단한 사람만 일기를 쓰는 건 아니니까. 그리고 일기를 쓰다 보면 어느새 대단한 사람이 되어 있을지도 모르니까. 대단한 사람이 안 되면 어때. 재밌으면 된 거지. MBTI가 유행인 걸 보면 다들 자기가 어떤 사람인지 궁금해하는데, 이를 장기적으로 관찰하는 데는 일기만큼 좋은 것도 없다. 글을 쓸 때마다 심연으로 빠져 들어가는 것 같으면 좋았던 일이나 오늘 먹은 음식만이라도 기록하면 은근히 재밌을지도 모른다. '흑당마라고등어버블티? 그런 게 2020년엔 유행이었나?'와 같은 생각을 하면서.

휴학의 쓸모

"그럼 1년 더 휴학할래?"

휴학도 다른 일처럼 해본 사람이 잘한다. 여기서 '잘한다'는 건 시간을 잘 보낸다는 의미보다는 휴학을 결심하고 실행하기 쉬워진다는 것이다.

이 글을 쓰는 지금, 나는 3학년 1학기까지 마친 상태다. 대학 입학 후 휴학만 총 5년을 했는데, 1년 반이 쉬지 않고 가장 길게 다녀본 기간이다. 1학년 마치고 군 입대로 2년, 제대 후 요리한다고 1년간 휴학 후 복학하여 3학년 1학기까지 마쳤다. 3학년 2학기를 다니다가 남극에 가게 되어 다시 휴학을 했고, 귀국하고는 코로나로 인해 1년을 더 쉬기로 했다.

남극에서 귀국 후 휴학은 어머니의 영향이 컸다. 내 주변 사람들 얘기를 들어보면 부모님들은 보통 빠른 졸업을 장려하시던데, 내 경우엔 오히려 어머니가 먼저 제안하셨다. 코로나 때문에 오프라인 수업도 못 한다고 투덜거리니 그럼 이참에 휴학을 더 해보라고 하셨다. 어쩌면 그 시절 대부분의 대학생들과는 달리 휴학을 해본 경험이 있으셔서 그런 것일지도 모르겠다.

나도 내가 이렇게 휴학을 많이 하게 될 줄은 생각지도 못했다. 하긴 입학하면서부터 '난 대학 다니는 동안 꼭 휴학을 5년간 해봐야지'라고 결심하는 대학생이 세상에 몇이나 있을까. 다만 나는 1년 전까지만 해도 이렇게 길어질 줄은 몰랐을 뿐이다. 남극에 가는 걸 지원했을 때조차도 2~3개월간 일하는 자리를 배정받을 줄 알고 한 학기만 휴학하는 걸 계획했는데.

요리도 못 하고 경제도 모르고 그림도 못 그리지만, 다른 건 몰라도 휴학만큼은 아주 약간 자신 있는 분야다. 휴학 전문가라고나 할까. 물론 나보다 긴 휴학과 다양한 경험을 통해 알찬 시간을 보낸 사람도 많겠지만, 난 알차지 못한 시간도 보내봐서 이렇게 말할 수 있다. 휴학은, 하고서 놀기만 해도 이득이라고. 휴학을 한 다음 여러 분야를 공부하고 접해보며 진로를 찾고 지적으로 성장했다면, 축하한다. 당신은 대단한 사람이다. 난 돈 내고 배우러 다니는 거 아니면 도저히 안 되던데. 만약 휴학 기간 내내 아무것도 안 하고 놀기만 했다, 게임만 했다, 그래도 이득이다. 그럼 복학하고서는 '아, 왕창 놀았으니 이제 열심히 살아야겠다'는 생각에 노력하며 살게 되기 때문이다. 그리고 무엇보다 중요한 건 삶의 여유를 찾게 된다는 거다. 남들 다 출근하고 과제하고 시험 공부할 때 그 외의 것을 해본(놀아본) 경험은 삶을 한 발짝 떨어져서 바라보게 만들어준다.

그리고 몇 개월 이상씩 쉬는 건 대학을 졸업하는 순간 굉장히 어려운 일이 된다. 주변에서 아직 보름 이상을 한 번에 쉬는 직장인을 발견하지 못했다. 몇 년 후면 한국도 여름휴가가 한 달씩 될지도 모르겠지만, 그래도 6개월을 스트레이트로 쉬는 것에는 미치지 못한다. 그 이후 계획에 의해 결혼을 하고 아이를 키우게 된다면 더욱 어려워진다. 이미 직장인이거나 육아를 하는 상황이라면 휴학하지 못한 것을 통탄해할 필요까진 없다. 휴학 없이 거기까지 간 것만으로도 존경받아 마땅한 존재다. 휴학을 버릇처럼 해서 그런지 2년 이상 학교를 쭉 다니는 사람들을 보면 신기할 정도다. 게다가 대학원까지 한 번에 졸업하는 사람들은 더더욱 놀랍다.

주변에 휴학을 권하고 다니면 딱히 하고 싶은 게 없다거나,

시간을 잘 보내지 못할 것 같아서 안 하겠다는 사람이 정말 많다. 그래도 괜찮다고 여러 번 이야기했지만, 자기는 게을러서 하고 싶은 것조차도 안 할 것 같다는 사람들에겐 다시 한 번 말한다. 나도 꽤나 게으른 사람인데, 돈을 내고 무엇이든 배우면 그래도 남는 게 있는 것 같다고.

대학교의 시험처럼 강제성이 없으면 아무것도 하지 않는 자신을 올해도 새롭게 발견했다. 코로나 시기에 학생이면 로제타스톤이라는 외국어 학습 어플을 3개월간 무료로 사용할 수 있었다. 첫 일주일을 하고는 며칠 안 하다 보니 내가 그걸 신청했다는 사실을 3주 뒤에나 깨달을 정도였다. 하지만 돈을 내면 그게 아까워서라도, 아니면 이것만 끝내자는 생각에라도 계속 가게 된다(물론 헬스장은 예외다). 그렇게 첫 휴학 때 1년간 배운 게 발레, 한식, 중식, 제과, 성악이다. 이렇게 많은 걸 배웠으면 돈이 많이 들었을 거라 예상하겠지만, 우리에겐 문화센터가 있다. 대형마트, 주민센터(행정복지센터), ○○아트센터 등 동네의 큼지막한 건물에선 수많은 강좌가 열린다. 요리, 음악, 미술뿐만 아니라 수강 기간도 1일부터 3개월까지 정말 다양하다. 나도 휴학하지 않았다면 집 근처에 숨겨진 보물 같은 곳이 이렇게 많은 줄 몰랐을 것이다. 제목에 혹해서 들어가 보면 '아이와 함께하는 ○○○'이어서 아쉬웠던 적도 있었지만, 그래도 좋은 강의가 정말 많다. 가격도 무척 저렴해서 한 달로 치면 3만 원에서 5만 원 정도인 강좌가 대부분이다. 발레나 음악은 그 외에도 은근히 동네에서 잘 배울 수 있는 곳들이 있다.

하지만 무턱대고 아무에게나 권할 수는 없는 일이고, 단순히 유머나 자랑거리로 소비하는 게 조심스럽기도 하다. 생활비와 등록금을 벌기 위해 휴학을 하는 사람도 있을 테고 그 외에 각자 복잡한 사정이 있을 것이기에. 나도 어찌 보면 학과와 학교라는 믿는 구석이 있어서 부담이 덜했다는 걸 부인하지는 않겠다. 하지만 나 또한 첫 휴학은 정말 말도 안 되는 핑계를 대며 밝지만은 않은 상황에서 했기에 조심스럽게 제안해본다. 그리고 초중고 12년 동안 입시 준비하다 갑자기 대학 와서 4년 만에 꿈을 찾고 진로와 적성을 발견해서 취직을 한다는 건 너무 가혹하고 힘든 일 같다. 어차피 그 4년 중 1년은 술 마시고 1년은 동아리 활동을 하고 1년은 정신 차리는 데 쓰면 결국 1년 남짓한 시간 동안 준비하는 건데. 조금만이라도 천천히 가면 안 될까. 뭐 그러다 2년 술 마시거나 2년 동아리 활동을 하거나 2년 정신 차리는 데 쓰게 될 수도 있지만, 남은 삶에서 1년간 쉴 수 있는 기회는 흔치 않다. 가히 건물주의 삶이라 할 수 있다. 돈이 약간 없을 뿐. 대신 책임질 것도 없으니 얼마나 좋은가.

생각해보니 조심스럽다고 해놓고도 조심했어야 하는 말을 한 것도 같다. 대학에 안 갈 수도 있고 2356년제인 곳에 다닐 수도 있는데. 아무튼 골자는 이것이다. '여유를 가지자.'

소개팅에서 만난 작가

지금까지 내가 가장 많이 읽은 작가는 아마도 장강명일 것이다. 작가를 읽었다는 표현이 좀 그렇지만, 이 작가와의 인연은 소개팅에서 시작됐다(물론 내가 장강명 작가와 소개팅을 했다는 건 아니다). 친구의 소개로 몇 번의 만남을 이어가던 중, 상대방이 《그믐, 또는 당신이 세계를 기억하는 방식》이라는 장강명 작가의 책을 추천해줬다. 잘 보이고 싶은 마음에 하루 만에 책을 다 읽었는데, 사실 내가 좋아하는 장르가 아니어서 기대했던 것만큼 좋지는 않았다. 소개팅도 결국엔 잘 안 됐고. 그렇게 작가와의 아픈 첫인상을 뒤로하고, 도서관에서 책을 고르다 서가에서 《표백》이라는 책이 눈에 띄었다. 왜 눈에 띄었느냐고? 독서록엔 읽게 된 계기에 "서가에서 눈에 띄기도 했고 어쩌면 눈에 띄는 이유일지도 모르는, 예전에 ○○○가 추천한 또 수상 경력이 화려한 장강명의 책이라서 빌렸다"라고 쓰여 있다. 이렇게 다시 집어들 정도면 첫인상이 꽤나 강렬했나 보다. 그리고 이때부터 그는 '믿고 보는 작가'의 반열에 들어갔다. 사실 유머를 제외하면 내가 좋아하는 스타일과는 거리가 있는데, 이상하게 그 스타일을 좋아하게 됐다. 소설도 에세이도 대쪽 같은 인상이 드는데, 행사에서 뵌 장강명 작가는 엄청 순하고 여린 이미지라 놀랐다. 그 대비로 인해 활자 속에서 강인한 부분이 도드라져 보이는 것 같기도 하다.

독서 과정이 인상 깊은 책으로는 《참을 수 없는 존재의 가벼움》이 있다. 어디선가 들어본 제목이라 읽기 시작했는데, 지겹도록 재미가 없었다. 군대에서 막내일 때라 힘들어서 그랬던 건지도 모르지만 그 두꺼운 책을 꾸역꾸역 억지로 다 읽느라 정말 힘들었다. 대부분의 소설을 보통은 3일, 길어야 일주일 이내에 읽었는데, 이 책은 18일이나 걸렸다. 얼마나 고생을 했는지 지금도 몸서리가 쳐진다. 그 재미없는 걸 왜 굳이 끝까지 읽었느냐고? 이렇게 다 읽었다고 자랑하기 위해서였다. 유명하고 제목도 있어 보이니까 읽었다고 하면 왠지 교양 있는 사람처럼 보일 것 같아서 그랬다. 하지만 저 책 얘기를 할 때마다 '너무 재미없었고, 그럼에도 다 읽은 건 이런 이유다'라는 설명을 매번 했기 때문에 단 한 번도 목적을 달성한 적은 없다. 그래도 상대에게 작은 웃음은 선사했으니 그걸로 만족한다. 또 다른 이유는 한번 집어든 책은 다 읽고 싶어서였다. 내 나름대로 경제학도로서 매몰비용을 모르는 것은 아니었지만, 그때까지만 해도 한 권 한 권을 완독해 나가는 기분이 좋았고, 지적 허영과 과시가 있었던 것도 같다. '나는 좀 더 나은 사람이다'와 같은. 지금은 그렇게 생각하지도 않고, 이전에도 딱히 과시할 대상이 없어서 이것 역시 이루지 못한 목표이긴 하다.

'책을 좋아하고, 그래도 조금은 읽는다'라고 할 수 있게 된 건 사실 군대에서였다. 휴대전화를 사용하지 못하던 시절이라 더 재밌는 게 없어서 책을 읽기 시작했고, 결국엔 빠져들게 된 것이다. 나중에 컴퓨터를 사용할 수 있게 되면서 독서 시간이 확 줄긴 했지만, 결국 읽은 책 100권을 채우고 전역했다. 돌이켜보면 어렸을 때도 책을 많이 읽은 건 엄마가 TV를 갖다버린 뒤였던 것 같다. 하루에 열 시간씩 봤는데, 나중에 보겠다고 해놓고 엄마가 통화를 하는 사이에 몰래 보다가 들켰다. 그날로 TV는 고물상으로 이사 갔다. 한겨울이라 밖에서 놀 친구도 없고, 스마트폰도 없던 시절이라 방에 있던 중고 세계문학전집이 눈에 들어왔다. 《올리버 트위스트》, 《위대한 유산》, 《키다리 아저씨》 등등 보이는 대로 책을 읽어댔다. 친한 친구들과 다르게 월등히 소설을 좋아하는 편인데, 아마 그때 소설의 재미를 알게 된 것 같다. 그리고 군대에서 2차로 다시 소설에 빠져 현재까지 이어져오고 있다.

독후감은 짧게나마 꼭 남기려고 노력한다. 원래는 성인이 되고서 그간 학교에서 시켰던 것에 대한 반발심으로 '책에서 한두 문장만 건져도 되는 건데 왜 굳이 독후감을 쓰나' 싶어 읽어대기만 했다. 그랬던 내가 독후감의 중요성을 깨닫게 된 것도 장강명 작가 덕분이다. 처음 보는 책인데 장강명이라는 이름이 쓰여 있어 냉큼 빌려왔는데, 열 쪽을 넘게 읽고 나서야 이미 읽은 책이라는 걸 깨달았다. 그 뒤로는 내 기억력을 한 줌도 믿지 못하게 되었다. 처음엔 한 바닥씩 쓰던 독후감도 여유가 없어지니 서너 줄로 줄긴 했지만, 그래도 내 뇌보다는 낫다.

약간 독특한 그러나 추천하고 싶은 취향을 소개하자면, 나는 동화책을 좋아한다. 대부분의 사람들은 내 책 취향에 관심이 없을 것이라고 생각하는데도 이 글을 쓰는 건 동화책을 추천하기 위해서다. 내가 어렸을 때까지만 하더라도 《신데렐라》, 《브레멘음악대》, 《선녀와 나무꾼》, 《젊어지는 샘물》 같은 게 거의 전부였다(그래도 그 시절 책들 중 《언제까지나 너를 사랑해》는 아직도 좋아하는 명작이다). 그러다 몇 년 전에 우연히 새로 나온 동화책들을 보다가 서점에서 펑펑 울 뻔했다. 감동과 교훈이 얼마나 많고 표현 방식이 어찌나 좋던지. 백희나 작가의 작품은 다 좋지만 그중에서도 《알사탕》이 정말 좋았고, 안녕달의 《수박 수영장》과 《할머니의 여름휴가》는 그 엄청난 상상력에 받은 충격이 아직도 얼얼하다. 모두가 이런 책을 어렸을 때부터 본다면, 좀 더 나은 사회가 될 수 있겠다는 생각이 들 정도였다. 잠깐 책을 설명하자면 《알사탕》은 주인공 꼬마가 알사탕을 먹고 주변의 마음속 소리를 듣게 된다는 내용이다. 거실 소파부터 반려견과 아빠에 이르기까지 그들의 속마음을 듣는다는 설정도 흥미롭지만, 감동적인 이야기와 아름다운 결말까지 마음에 쏙 드는 책이다. 더 자세하게 알려주면 재미없으니 서점에 가게 되면 어린이 코너에서 꼭 한번 보시라.

독서 경험을 나누고 책을 추천했지만 책 읽는 사람이 더 낫고 책을 읽어야만 한다는 주장을 하려는 건 아니다. 스탈린이나 히틀러 같은 독재자들이 독서광이었다는 건 유명한 사실이고(이건 몇 달 전에 장강명의 책을 읽다가 알게 됐다), 정보나 감동을 얻을 방법은 많으니까. 하지만 여전히 독서를 하는 사람들만의 그 무언가는 남아 있고, 사회에도 그런 동경이 없지는 않은 것 같으니 그걸 이용하자는 것이다. 그리고 독서도 일종의 취미인데, 취미는 다양할수록 좋으니까.

Part 4.

재밌으면 그걸로 충분하지 않아

얼굴이 커서 그런지 양복이 잘 어울리네

나는 노안이다. 보통 어느 순간부터는 제 나이를 찾아가고 그 후엔 동안이 된다는데, 사진을 보면 나는 중학생 때부터 꾸준히 얼굴이 늙고 있다. 오죽하면 20대 초반부터 "넌 얼굴의 손익분기점이 서른다섯 살이니 그때까지만 버텨라"라는 이야기를 들었겠는가.

초등학생 때는 중학생 같다는 말을, 중학생 때는 대학생 같다는 얘기를 들었다. 고등학생 때는 학교 엘리베이터에서 만난 학부모님에게 "어우, 너무 젊으셔서 학생인 줄 알았어요"라는 이야기까지 들었다. 차라리 "선생님인 줄 알았네"가 낫다. 적어도 본질은 학생이라는 것 아닌가. 대학교 입학식 때

신입생한테 주는 선물을 받으러 갔더니 재학생은 안 된다고 거절당한 적도 있다. 동아리에 들어가서 자기소개를 하면 모두들 세 번 놀랐다. 신입생이라는 것에 한 번, N수생이 아니라는 것에 한 번, 빠른 연생이라는 것에 한 번. 군대에서도 놀림을 꽤나 받았고, 남극에서도 모두들 내가 조리장이라고 생각할 정도였다.

남극에서 수염을 기르고 나니 정말로 다섯 살에서 열 살은 더 나이가 들어 보였다. 수염 기르기 전이 정말 파릇파릇해 보일 정도로. 처음엔 머리도 수염도 깔끔하고 단정하게 유지하려고 했는데 주변에 기르는 사람이 많아지니 욕심이 생겼다. 평생 동안 여기 아니면 기를 기회가 없을 것 같았다. 수염은 자라는 동안엔 정말 지저분해 보이기에 사회생활이 불가능한 수준이고, 머리는 고3 내내 밀고 다녔을 정도로 귀찮은 걸 싫어하기 때문이다. 그러나 여긴 남의 눈치를 볼 필요도 없고 상대적으로 단조로운 삶에 변화를 줄 수 있어서 도전해 보기로 했다. 물론 가장 큰 이유는 여기 있으면 엄마한테 등짝 맞을 일이 없어서다.

한국에 가면 다듬자는 생각에 면도를 거의 하지 않고 방치했더니 어느 순간부터는 수염이 한쪽으로 눕기 시작했다. 형님들이 "네 방에서 바람 나오냐" 하고 의아해할 정도로 심했는데, 그러면서도 다들 허락을 맡고 수염을 만져보고 싶어 하셨다. 본인보다 나이 많은 사람에겐 부탁하기 어렵고 어린 사람은 수염을 기르지 않으니 절호의 기회긴 하다. 만져보면 사실 별거 없다. 그냥 엄청 두껍고 억센 털 정도인데, 그래서 염색이 잘 안 된다. 남극에서 인생 첫 머리 염색을 하면서 남은 염색약을 수염에 발라봤다. 너무 긴 시간 동안 묻혀놓았다가는 턱이 녹아버릴 것 같아 적당한 시간에 씻어냈는데, 턱만 빨개지고 수염은 솜털 같은 몇 가닥 빼면 하나도 염색이 안 됐다. 쩝. 그때 좀 참을걸. 보라색 수염을 가질 절호의 기회였는데.

수염 관리법을 주변에도 물어보고 검색도 해봤는데, 크게 두 가지가 기억에 남는다. 백발이 성성한 캐나다인 헬기 엔지니어에게 수염 관리법을 물으니, "너 몇 살이야?" "스물셋" "그럼 우선 나이부터 더 먹고 와"의 세 문장으로 노하우를 알려줬다. 아마 수염이 더 빽빽하게 자라고 얼굴도 수염에 어울리는 정도로 늙은 후에 제대로 기를 수 있다는 말인 것 같다. 또 다른 하나는 수염 관련 설문과 인터뷰였는데, "99퍼센트의 남자는 수염이 어울리지 않고 어울리는 1퍼센트조차도 그중 99퍼센트는 수염이 없는 게 낫다"라는 말과 "수염 기른 남자와 키스하면 고양이랑 뽀뽀하는 느낌이다"라는 말이다. 전자는 별 문제 없이 동의가 되는데, 후자는 내가 경험해보지도 못했고 앞으로도 못할 것 같지만 고양이를 좋아하는 입장에서 좋을 것 같기도 하다.

외국인처럼 생겼다는 말도 많이 들었다. 정확하게는 중국 여행을 할 때 중국인이 나에게 길을 물어본 것이니 직접적으로 외국인처럼 생겼다는 말을 들은 건 아니다. 하지만 민속촌에 갔을 때는 관리인 할아버지로부터 "몽골이지?"라는 얘길 들은 적이 있으니, 이를 어찌할까. 처음엔 무슨 말인가 어리둥절했다. 그 외에도 일본인, 이누이트, 재미교포 3세 등의 말도 들어봤다. 외국어라도 유창하게 한다면 그나마 덜 억울할 텐데.

무언가를 닮았다는 얘기도 종종 들었다. 연예인은 죄송하니 언급하지 않기로 하고, 낙타 같은 동물까지는 상식적인 선에서 받아들일 수 있다. 가장 충격적이었던 건 부침개처럼 생겼다는 이야기였다. 더 놀라운 건 당시엔 그 말이 이해되고 공감됐다는 건데, 돌이켜보면 동물도 아니고 음식이라니 대단한 상상력인 것 같다.

그 모든 외모 이야기 중에 가장 기억에 남고 혼란스러운 에피소드가 있다. 친구 할머니네 장례식에 갔을 땐데 친구의 고모께서 나를 보시더니 "이 친구는 얼굴이 커서 그런지 양복이 잘 어울리네"라고 정말 순수하고 악의 없는 얼굴로 말씀하셨다. 돌이켜보면 칭찬인지 아닌지 모르겠지만, 당시엔 나를 막 사위로 삼고 싶다고 말씀하시던 분이라 칭찬이라고 믿기로 했다. 얼굴 크기는 한국에서만 따지는 '로컬(local)'이라는 봉 감독을 빙의한 정신 승리도 잊지 않고 챙겼다(절대 봉 감독이 정신 승리했다는 게 아니고 내가 정신 승리했다는 이야기다).

이렇게만 보면 노안인데다 부침개처럼 생기고 커다란 얼굴을 가진 사람을 생각할 텐데 2030년만 되어보라. 내 얼굴의 손익분기점도 넘고 미의 기준도 바뀔 시대가 올 터이니. 그리고 이렇게 말해둬야 실제로 만났을 때 '생각보다 얼굴이 작네'를 혼잣말로 되뇌다 "얼굴이 작으시네요"와 같은 말을 내게 해줄 가능성이 조금이라도 높아질 테니….

주사위 이론

관계는 다양할수록 좋다고 믿는 편이다. 아직 살아온 인생이 짧고 쌓아온 관계가 많지 않아 관계 유지에 큰 어려움이 없어서 그런 것일 수도 있지만. 그리고 그렇게 믿는 이유는 내가 '주사위 이론'(혹은 정육면체 이론)이라고 이름 붙인 것 때문에 그렇다.

그 구체적인 내용은, 사람의 다양한 면모가 주사위처럼 여섯 개가 있다고 가정하면 각각의 관계마다 보여줄 수 있는(혹은 보여주고 싶은) 면이 다르다는 것이다. 예를 들어 가족에겐 1, 3, 4면을 보여줄 수 있고, 친구에겐 2, 4, 5면을, 애인에겐 2, 3, 6면을 보여줄 수 있다. 그렇기에 관계가 다양할수록 좋다는 게 주사위 이론의 결론이기도 하다. 알게 모르게 가족 내에서도 친밀도가 다르고, 친구도 그룹별로 관계가 다를 것이니 관계의 종류는 훨씬 다양할 것이다(애인은 합의된 게 아니라면 다양해지지는 말자). 어떤 관계에서는 하지 못하는 이야기를 다른 관계에서는 할 수 있고(뒷공론을 하자는 게 아니라), 그럴 때 억눌린 자아가 표출되면서 삶 전반에서 스트레스가 적어지는 것 같다.

예전에는 그냥 나만의 이론이고, 친한 지인들과의 이야깃거리 정도로만 생각했는데, 최근의 '부캐' 열풍을 보니 내 이론과 비슷한 부분이 있는 듯하다. 인기에 영합하기 위해 숟가락을 얹는 거 아니냐고 할 수도 있는데, 그렇다. 이미 수많은 미디어에서 분석해주며 씹고 뜯고 맛보고 즐기고 했겠지만, 그럼에도 숟가락을 얹어본다. 캐릭터 혹은 직업이라는 범주를 관계로 확장하기만 하면 된다. 나머진 이미 맛보고 즐기신 그 내용으로 생각하면 끝.

주사위 이론을 처음 개발했던 스무 살 때만 하더라도 각 면과 관계의 구분이 꽤나 명확했다. 친구들이 아는 나와 가족이 아는 나 사이의 격차도 무척 컸다. 대부분의 상황에서 가면을 쓰고 있는 기분이랄까. 물론 가면을 완전히 벗고 필터링 없이 말하며 산다면 모든 관계가 풍비박산 나고 사회생활이 불가능해질 것이다. 실제로 가면 없이 살아보는 실험을 친구와 진행한 적도 있다. 일주일 만에 관계가 파탄 날 것 같아 그만뒀다. 나는 기독교인이기에 행복해야 하고, 혹은 행복해 보여야만 한다는 생각을 했던 적도 있다. 그래야 상대가 조금이라도 내 종교에 호의나 관심을 가지지 않을까 하는 생각이었다. 어쩌다 이러저러한 고민을 적당히 친한 사람에게 이야기해버렸는데, 그 뒤로도 오히려 나를 더 이해해주고 종교에도 흥미를 가지는 걸 보고 생각이 바뀌었다. 내 다른 면들을 본 사람들이 나를 있는 그대로도 좋아해준다는 걸 알게 되면서 점차 가면이 없는 사람이 되어가고 있다. 어쩌면 내 주변에 좋은 사람들이 유독 많은 것일 수도 있어서 조심스럽지만.

주사위 이론 얘기를 꺼내면 이때다 싶어서 본인만의 이론을 꺼내는 사람들이 간혹 존재하는데, 그중 기억에 남는 두 가지를 소개한다.

하나는 공 주머니 이론인데, 주머니 속에서 공을 꺼내듯 그 어떤 이야기도 아무한테나 할 수 있다는 이론이다. 다만 상대와의 친밀도에 따라 그 수위를 조절한다는 것인데, 주사위 이론과 비슷하면서도 다르다. 주사위 이론은 관계에 따라 이야기의 종류가 한정된다. 아예 특정 분야나 깊이의 이야기를 꺼내지 않는 관계가 있다는 것이다.

다음은 침전물 이론이다. 밑에 가라앉은 10퍼센트가 자신의 진짜 모습이라는 이론이다. 그리고 다들 위에서 휘휘 저어서 90퍼센트까지만 알아보고 자기가 어떤 사람인지 판단하는 경우가 많아 안타깝다는 부연 설명이 꼭 필요한 이론이기도 하다.

이 이론들은 모두 '타인을 100퍼센트 이해하지는 못한다'로 귀결된다. 사람들은 대체로 '○○이는 이런 사람이야' 하고 머릿속으로 타인을 규정하고 분류한다. 하지만 막상 자기 자신은 남들이 다 알 수 없다는 생각도 하는 것으로 보인다. 어떻게 아느냐고? 내가 그랬으니까. 그리고 이걸 인식하고 주변 사람들을 관찰하거나 친한 사람들에게 직접적으로 물어보면 대체로 생각이 비슷하다. 타인이 본인을 이해하는 정도보다 본인이 타인을 이해하는 정도가 항상 높다고 한다. 특히 타인 자리에 나를 넣어서 더 직접적으로 물어보면 그 차이가 더 선명히 드러나기에 다들 당황하며 씁쓸한 웃음을 짓지만, 이런 사실은 알고 있고 고치려고 해도 쉽지 않다.

심리학 시간에 배운 조하리 창(Johari window)도 비슷한 맥락이라고 생각한다. 남이 모르는 내가 있다면 내가 모르는 남이 있을 것이다. 역으로 나는 모르지만 남만 아는 내가 있을 수도 있다는 것 또한 흥미롭다. 그래서 SNS 질문 기능으로

'나는 어떤 사람인가요?'가 그렇게 자주 보이는 게 아닐까.

그리고 더 나아가 '타인을 틀에 가두지 말자'까지 왔다. "너답지 않다"와 같은 말이 일상에서 자주 볼 수 있는, 틀에 가두는 대표적인 말이다. 뭘 하든 간에 놀라지 않고, 수긍하며 인정해줄 수 있는 사람이 되자는 다짐을 한다. 나는 막 살다 보니 뭘 해도 너라면 그럴 수도 있을 것 같다는 평가를 상대적으로 일찍 받은 편인데, 덕분에 이런 깨달음을 얻게 된 것도 같다.

아무튼 그래서 ENFP인 나는 MBTI 따위는 믿지 않는다.

ENFP인 저는 MBTI 따위는 믿지 않습니다

2020년 초 코로나가 터지고 다들 외출을 삼가는 분위기일 때, SNS에서는 MBTI를 비롯해 온갖 성격과 심리 검사가 유행이었다. 이 글을 쓰는 11월까지도 잊을 만하면 비유하는 대상(동물, 예술가, 과자, 꽃 등)만 바뀌면서 새로운 게 생겨나 스토리와 피드를 점유한다. 사람을 스무 개도 안 되는 유형으로 나눠서 구분하고 판단할 수는 없다 생각하고, 가능하다 하더라도 싫어하는 입장이지만, 남들 하는 건 한 번쯤은 해보는 성격이라 거의 다 해봤다. 뒷북이거나 SNS에 올리지 않더라도 사실 혼자 몰래몰래 다 해봤다. 남극에선 시간이 남아서, 쇄빙선에서도 시간이 남아서, 한국에 와서도 시간이 남아서…. 할 때마다 '역시 이렇게 사람을 유형화할 순 없어. 에이. 시간만 낭비했다'라는 생각이 들지만, 부록처럼 따라오는 '환상의 케미' 같은 게 맞으면 오랫동안 연락하지 않았던 친구에게 DM도 보내보고 그 김에 안부도 묻고 할 수 있는 건 좋았다.

혹시나 궁금한 사람들이 있을까 해서 내 MBTI를 밝히자면 ENFP 혹은 INFP가 나온다. 수치가 50까지 있으면 E가 3 정도 나오는 수준이랄까. 안 맞는 사람과 있으면 에너지를 빼앗기지만 맞는 사람과 있으면 충전되고, 그럼에도 절대적으로 혼자 있는 시간이 필요한 스타일이라 저렇게 나오는 듯하다. 중학생 때는 ENTP였는데 NF가 된 건 신기하다. 아마 수능 후로 좀 더 현실을 즐기자는 생각도 있었을 거고, 고등학교와 대학교에서 내가 그리 똑똑한 게 아닌 걸 깨닫고 감정에 충실하게 살기로 결정해서 그런 것도 같다.

NF가 '직관+감정'이기에 아는 형(ST로 추정되는)이 NF들은 모아서 불태워야 한다는 농담을 했는데 NT일 때는 동의했으나 지금은 NF들이야말로 세상을 바꾸고 재밌게 만든다는 생각을 한다.

어디선가 MBTI가 1990년대생에게는 예전의 본관 같다는 글을 읽었다. 사람을 구분할 수 있고 이야기의 물꼬를 틀 수 있다는 점에서 일부분 동의가 된다. 사실 본관이 어느 정도의 의미인지 잘 모른다. 살면서 본관을 묻는 사람을 거의 본 적도 없고, 다만 영화에서 들은 "어데 최씹니까?"로 그 활용도를 짐작할 뿐이다.

하지만 수플레 팬케이크를 처음 먹었을 때 밀려오는 감동의 쓰나미 같은 유형 검사 대세의 시대에도 나의 생각은 변함이 없다. 첫 만남에서 대화를 시작하는 용도 혹은 농담으로는 괜찮지만 그 이상으로 받아들여지는 건 곤란하다. 자신이나 타인을 특정 유형이라고 단정 짓고 행동을 제한하거나 거리를 두는 게 편할 수는 있다. 하지만 아무리 생각해도 사람을 열여섯 가지밖에 안 되는 틀에 구겨 넣어 분류하고 판단하는 데는 동의가 안 된다. 한국에선 모자를 푹 눌러쓰고 다니는 사람도 여행지에서는 처음 본 사람과 친구가 될 수 있는데, 그럼 국가에 따라 MBTI가 변하는 건가? 직장-집-학교마다 다른 모습을 가진 사람은? 동 단위로 달라지나(퇴근할 때 기분이 달라지는걸 보면 맞는 말 같기도 하지만)? 사람은 환경과 관계에 따라 다양한 모습을 보일 수 있다.

물론 자기도 몰랐던 자신을 발견하고, 왠지 모르게 불편했던 그 사람과 부딪히는 이유를 알게 되는 순기능도 있다. 그렇지만 자신의 게으름이나 예의 없음, 배려하지 않는 마음을 포장하는 데 쓰이는 경우도 있다. 모든 문제의 원인을 성격

유형의 차이로 돌리는 건 최악이다. 간단한 답이 좋긴 하지만, 때론 답이 너무 쉽게 나오면 의심해봐야 하는 것처럼 말이다.

이상한 사람

평범하게 사는 게 목표였던 적이 있다. 화목한 가정에서 부모님과 오순도순 살면서 일주일에 한 번 정도 외식도 가고 가끔씩은 하하호호 여행도 가는 삶. 하지만 사람들을 알아갈수록, 책을 읽을수록 평범함이란 그리고 평균이란 존재하지도 않고 도달할 수도 없는 개념이란 걸 깨달았다. 아마 그때부터였을 거다. 독특하다는 얘길 듣기 시작했을 때가. 굳이 튀고 싶지는 않았지만 평범의 욕심을 버리니 좀 더 하고 싶은 대로 살게 되었다.

나는 나보다 이상한 사람이 있는 모임에서 편안함을 느낀다. 적어도 내가 그 집단에서 제일 이상한 사람만 아니면 된다. 내 책에 종종 등장하는 인물 중 두 명은 고등학교 때부터 친한 친구다. 우리 셋은 하나같이 자기가 그래도 이 중엔 제일 정상이라고 생각하고, 나를 제외한 둘은 그래도 제일 이상한 건 김인태라고 생각한다. 그럼에도 나는 이 둘 사이에 있을 때 가장 편하다. 내가 보기엔 내가 제일 이상하지는 않기 때문이다. 또 우리 셋이 친해졌던 고등학생 때는 제일 이상한 사람이 적어도 나는 아니었다. 나는 전교회장 선거에 나가서 원고도 없이 15분간 "여러분 스스로를 구원해야 합니다!"라는 연설을 한 적도 없고, 아침 점호의 부당함을 알리며 학교랑 싸운 적도 없기 때문이다. 개표가 이뤄지던 학교 체육관에서 청소년 투표권을 달라고 1인 시위를 해서 신문에 실려본 적은 더더욱 없다. 대학에서 하는 토론회에 청소년 패널로 참가했을 땐 같이 가서 응원해주기도 했는데, 더 놀라운 건 여기 적은 모든 일은 한 명이 해낸 일일 뿐이라는 사실이다. 고3 직전에 정호승 시인을 보러 가겠다고 야자를 빼고 다 같이 나와서 강연회를 가기도 했고, 동반 입대 며칠 전에는 에버랜드에서 토하도록 놀이기구를 타며 함께 "나 내일 군대 간다!"를 외친 것도 추억이다. 그중 한 친구는 고등학교 때 꿈인 노무사를 휴학 한 학기 만에 합격해서 열심히 일하는 중이다. 선생님들이 걱정 많이 하시던 친구였는데 그 염려가 무색할 만큼 잘 지내고 있다.

다음으로 좋아한 집단은 신입생 때 했던 진달래문학회다. 입학 첫 학기에는 내가 속한 과에서 문학에 관심이 있어 보이는 사람을 열심히 찾았으나 실패했다. 2학기가 되자 몇 달 전 중앙 게시판에 붙어 있던 문학회 홍보 전단이 생각났다. 거기 적힌 연락처로 문의한 결과 진달래문학회 단톡방에 초대받았다. 그 톡방에서 처음 본 톡을 아직도 기억할 수 있다. "책 읽기 참 좋은 날씨네요." 세상에 이런 사람들이 있나. 영화에나 나올 법한 말이 오가는데, 보통 사람이라면 오글거린다고 핀잔을 줬을 테지만 별 제지도 없었다. 당시에는 문학 감성 충만한 낭만 소년이었기에 그 모든 게 너무 좋았다. 비록 발제보다 뒤풀이가 1.5배는 더 길었지만, 대학 동아리 중에 그렇지 않은 데를 찾기가 더 어려웠을 거다. 그리고 그 뒤풀이에서 정말 깊으면서도 즐거운 이야기가 오갔기에 발제만큼이나 좋았다. 특히 MT는 처음부터 끝까지 '진달래문학회스러운 것'으로 가득 차 있었다. 우선 장소부터가 남달랐는데, MT를 회장 선배의 할머니 댁으로 갔다. 술 게임은 하나도 하지 않고 주변 산책을 나가고, 주제와 시간을 정해 시를 쓰고, 찬장에서 할아버지가 아껴두신 꽃술을 몰래 꺼내 마셨다. 다들 극찬을 했는데, 그때 그걸 마시지 않은 건 아직도 후회스럽다. 다음 날 아침에는 해장하라고 할머니께서 토란국을 끓여주시기까지 했는데, 지금 생각해보니 정말 영화 같은 1박 2일이었다. 그 외에도 노래방에서 막춤을 추던 선배(여덟 살 어린 후배 앞에서 그런 진솔한 모습을 보이긴 정말 어렵다고 생각한다)나 미술 · 영상 · 컴공 · 경제 · 철학 · 국문과가 모였던 걸 생각하면 정말 낭만 그 자체였다.

다들 휴학도 많이 했고, 당연히 졸업도 천천히 했다. 졸업 후에도 갑자기 100일 출가를 하러 절에 들어간다든지 하는 자유로운 삶을 사는 사람도 많았다.

이렇게 내 주변에 멋진 삶을 살아가는 사람들이 많으니 나도 자연스럽게 내 삶을 살아가도 되겠다는 마음이 생겼다. 내가 그리 특이하다는 생각이 들지 않았다. 어떻게 그렇게 여유가 넘치느냐, 조급함을 느껴본 적은 없느냐는 질문을 받을 때마다 내 친구들과 문학회 사람들을 생각하면 한없이 마음이 편해진다. 나 정도면 걱정도 많고 조급하게 사는 편인데 말이야. 재밌는 건 내게 그런 깨달음을 준 사람조차 이 얘길 하면 "그래? 난 되게 평범한데…. 네가 오히려 특별하지"라는 말을 한다는 것이다. 내 두 친구처럼 역시 모두들 자기가 가장 일반적이라고 생각하나 보다.

사실 한국은 정상의 범주가 굉장히 좁고 그에 대한 압박도 무척 큰 것 같다. 무조건 외국이 낫고 한국은 별로라는 사대주의자는 아니지만, 나이를 불문하고 외국에서 살다 온 사람들의 이야기를 들으면 이런 부분만큼은 차이가 있어 보인다. 좋게 말하면 정과 관심이지만, 나쁘게 말하면 오지랖인 그것. 나이, 외모, 사랑 등 다양한 카테고리에서 수많은 기준과 조건과 제약이 돌아다닌다. 일례로 나이 같은 경우는 대다수가 졸업, 입학, 취업, 결혼 등을 하지 않으면 안 되는 시기가 있다고 믿거나, 믿어야 한다는 듯이 말해서 가만히 있기만 해도 조급해지는 느낌이다. 물론 예전에 비하면 '추석 때 고향 가기 싫은 이유 톱 5' 같은 기사 덕에 많이 느슨해지긴 했지만, 아직도 가야 할 길이 많이 남은 것 같다.

이렇게 눈치 보지 않는, 남과 다른 삶을 이야기하지만 나조차도 미디어에서 특이한 경험을 하거나 어린 나이에 창업을 했다는 사람의 이야기를 들으면 곱게만 보이지는 않았던 게 사실이다. 집안이 좋거나 부자거나 하는 믿을 만한 구석이 있어서 그런 게 아닐까 하는 의심 말이다. 그런 사람들이 자신의 평범함을 강조하기 위해 말하는, 자신이 겪은 어려움조차도 진짜 평범한 사람들에겐 일상이거나 별것 아닌 경우가 종종 있었다. 하지만 내가 직접 만난 이상한(자유롭고 멋진) 사람들 중에는 정말 집안이 좋아서 그렇게 사는 사람보다는 어려운 환경 속에서도 자신을 찾아가는 사람들이 많았다. '저 사람은 배경이 좋으니까 저럴 수 있지'라는 말로, 그저 그런 치기로 치부해버릴 수 없는 사람들이었다. 모종의 이유로 멋지게 살지 않고는 못 배겨서 그렇게 살아간다. 그리고 다들 잘 지낸다. 못 지내면 또 어떻고.

남과 다르고 자유롭게 살아야 꼭 멋지다는 것은 아니다. 자기가 살고 싶은 대로 산다는 게 중요하다. 그리고 그 과정에서 타인의 시선과 사회의 기준을 최대한 덜 의식하는 것이다. 이 점에선 가끔 내가 살고 싶은 삶과 사회의 기준이 일치하면 편하겠다는 생각도 든다. 하지만 어쩌겠는가. 내가 그렇게 생겨먹지 않은 것을. 도대체가 그렇게 살아갈 수가 없는 것을.

별점이 된 눈물, 취향에 대하여

호감이 있던 사람과 세 번째 만남에서 영화관에 갔고 펑펑 울었다. 러닝타임의 절반은 질질 짰고 콧물까지 나왔으니 엉엉 소리를 내지 않은 게 용하다 싶을 정도로 흐느낀 것이다. 시작은 분명 '바로 옆에 그 사람이 있는데 참아야지'였다. 눈썹을 만지는 척하면서 눈물이 흐르기 전에 닦아내는 신공도 쓸모없어져 주룩주룩 흘러내리고 콧물까지 나오자 그냥 포기했다. 아무리 감수성이 풍부해도 그런 자리에서 그렇게 울어대는 사람이 좋게만 보이긴 어려울 것 같았다. 입장 바꿔 생각해보면 당황스러울 수도 있는 상황이었다. 영화가 끝나고 콧물을 들이켰는지 화장실에 가서 풀었는지는 기억나지 않지만, 불타오르는 눈시울 때문에 무안했던 것만큼은 지금 생각해도 가슴 한쪽이 간지럽다. 자주 울면 빨리 가라앉는다던데 얼마나 더 울어야 되는 건지.

좋은 영화의 기준 중 하나가 나를 울리는 것인데, 무엇을 보든지 절반의 확률로 운다. 슬퍼서 울고 기뻐서 울고 아름다워서 운다. 연인 간의 사랑 때문에 울고 내리사랑 때문에 울고 인류애 때문에 울었다. 〈인터스텔라〉를 보면서도 울었고 〈짱구〉 극장판을 보면서도 울었다. 소설이나 미술 작품을 보고는 영화만큼 울지는 않지만, 영화관에서도 우는 사람을 거의 본 적이 없는 걸로 봐선 신생아를 제외하면 많이 우는 편에 속하는 것 같다. 딱히 이런 특징을 '좋다, 나쁘다'로 판단하고 싶지는 않다. 그냥 그렇다는 것이다. 굳이 장점을 찾자면 울 때마다 모종의 카타르시스와 함께 기쁨이 느껴지는데, 이를 자주 느낄 수 있어서 좋다. 단점도 찾아보자면 위의 데이트가 대표적인 예다. 눈물까진 괜찮아도 콧물은 언제나 당황스러운 손님이다.

좋아하는 게 있다는 건, 자기가 무엇을 좋아하는지 안다는 건 행복한 일이다. 노래는 음색이 정말 중요하고 인트로가 그다음이다. 가창력은 그리 중요하지 않다. 책은 따뜻한 시선, 섬세하고 아름다운 표현, 유머를 중시한다. 세상의 기준에선 못나고 무시당하고 나쁜 사람이더라도 그에 대한 애정을 느끼게 해주는 시선을 가진 소설을 좋아한다. 번역된 소설에서는 찾기 어려운 섬세한 표현이 많아 한국 현대소설을 특히 좋아한다. 음식은 재료의 특성이 극대화된 것을 좋아한다. 튀김은 바삭해야 하고, 라면은 자극적이어야 한다. 그래서 '부먹'보단 '찍먹'이고, 펩시보다는 코카콜라, 계란은 반숙이고, 민트초코는 맛있다. 맛있다고 느끼는 게 80점부터라면 누가 사주거나 만들어준 음식은 70점부터 시작한다.

한편으론 싫어하는 게 적거나 기준이 낮을수록 삶이 편해진다는 생각도 든다. 음식은 원래 아무거나 잘 먹었고, 먹는 시간이 아까워 다 갈아서 마시고 싶다는 생각까지 한 적도 있었다. 그러다 요리를 하기 시작하면서 입맛이 까다로워져 한동안 고생했다. 학생식당 음식이 맛없어서 우울증에 걸리기 직전까지 갔으니 심각한 수준이었다. 군대 2년, 요리 1년, 총 3년 만에 복학한 학교는 수업을 따라가기도 벅찼는데, 음식마저 입에 맞지 않았다. 복학 직전 1년간 요리를 배우며 내가 먹고 싶은 음식을 매일같이 만들어 먹었는데, 사 먹는 음식은 도대체가 맛이 없었다. 아침에 일어나면 점심, 저녁 걱정에 학교에 가기 싫었고, 건강검진에서 우울증 직전 단계가 나왔다. 입맛이 없었던 적은 태어나서 처음이었기에 친구들에게 해결책을 구했다. '매운 걸 먹어라', '네가 배가 불러서 그런 거다' 등등의 답이 돌아왔다. 결국 괜찮은 식당을 찾고 맛없는 음식에 익숙해지며 해결되었고, 검진 결과를 듣고 상담하러 갈 때쯤엔 괜찮아져서 머쓱했다.

딱 적당한 건 대부분의 것을 맛있다고 느끼되 정말 맛있는 게 뭔지는 구분하는 입맛 같다. 우리 엄마의 입맛. 뭘 해드려도 맛있게 드시고 정말 맛있는 건 '아파서 입맛이 없을 때 생각날 만한 음식' 같은 칭찬을 곁들여주는 입맛. 실패해도 맛있게 드셔주시니 요리하는 입장에서 이만큼 좋은 손님도 없다. 다행스럽게도 영화 보는 기준은 엄마의 입맛과 비슷하다. 왓챠피디아에 저장해놓은 평점으로 말하자면 '명작'이라고 부를 수 있는 건 4.0점부터인데, 지금까지 본 500여 편의 영화 중에 4.0점 이상인 영화가 330편이 넘는다. 볼 만한 수준인 3.5점인 영화가 100편이 넘으니 80퍼센트의 영화가 볼 만했던 것이다. 물론 아직 다양한 영화를 접해보지 않았고 불후의 명작 위주로 봐서 그런 결과가 나온 것일 수도 있지만, 사용자 평균 평점보다는 대부분 높았다.

하지만 내 취향과 맞지 않거나 싫어하는 쪽에 가깝다고 거부했던 것들이 의외로 좋았던 경우가 있었고, 그럴 때마다 취향이 넓어지는 것 같아 새로운 기분이었다. 좋아하는 것들은 언제고 나를 기분 좋게 해줄 수 있으니 확실한 행복으로 남겨두고, 이따금 모험을 해보고 싶을 땐 다른 영역을 탐구하는 것도 좋다. 물론 나와 비슷한 취향을 가졌거나, 믿을 만한 사람의 추천이 기반이 될 때 주로 모험을 시도한다. 내 시간과 (특히) 위장은 한정되어 있기 때문이다.

그리고 남이 좋다는 건, 음악도 드라마도 결국 좋았다. SNS와 신문에 도배되는 드라마는 괜한 반항심에 보기가 싫고, 설명만 들으면 왜 저런 걸 보나 싶었다. 어쩌다 보게 되면 정주행을 하고 눈물, 콧물 질질 짜면서 보고 있는 나를 발견한다. 이게 반복되니 인정할 수밖에 없었다. 다들 좋다는 데는 그 이유가 있고, 나는 그 '다들'에서 크게 벗어나지 않는 사람이라는 것을. 아, 다행이다. 난 역시 일반적인 사람이었어. 이제 남은 건 하나다. 입맛아, 무뎌져라!

재밌으면 그걸로 충분하지 않아

가장 친한 친구가 생일날 편지를 써준 적이 있다. 군대에 있을 때였는데, 제대하면 휴학하고 요리를 하겠다는 결심을 얘기한 뒤였다. 편지에 보면 "난 네게 항상 세상의 요구를 대변하는 느낌이다. 복학하자. 요리는 방학 때 할 수 있지 않느냐. 뭐 이런 식의. 너의 꿈을 내가 갉아먹는 것 같아 미안할 때가 있다"라는 문장이 있는데, 사실 이 친구는 맞는 말만 한다. 친하기에 진정으로 미래를 걱정하는 말을 해주고, 당장 할 수 있는 것부터 제시하고 도와준다. 고등학교 때부터 그랬다. 얼마 전에 이 편지를 다시 읽다가 친구랑 전화하며 얘기했다. 그때 이런 내용의 편지를 써줬는데, 미안할 필요 없다고. 정말로 고맙다고. 너 덕분에 내가 하는 선택이 얼마나 많은 걸 포기한 것인지, 그렇기에 얼마나 가치 있는 것인지 자각하게 된다고. 이 길을 가지 않았다면 갈 수 있었던 다른 길을 생각하게 해주기에, 지금의 선택을 후회하지 않도록 순간순간에 집중하며 열심히 살 수 있게 해준다고 얘기했다.

그리고 저 문장 앞에는 이런 말이 적혀 있다. "전쟁을 막고 싶다고 언젠가 얘기했었지. 아직 그 꿈은 버리지 않고 간직하고 있다. 만일 상황이, 또는 내 자신의 능력이 여의치 않아, 그저 그렇게 살다가도, 저 꿈을 다시 생생히 마주치게 되면 다시 뽀송해질 수 있지 않을까 생각한다. 넌 아직 작아지지 않은 것 같아 좋다. 균형을 맞추어주는 존재랄까." 친구에게 나는, 나에게 친구는 서로가 균형을 맞춰주는 존재다.

내가 휴학이나 요리를 하겠다고 할 때 주변 사람의 반응은 두 가지였다. 멋지다며 응원하거나, 걱정하며 말리거나. 어느 쪽이든 다 고맙다. 응원은 힘이 되고, 걱정은 자극이 되니까. 특히 나와 정말 친하고 나를 생각해주는 사람의 걱정은 '나를 이렇게나 아껴주는구나' 싶을 때가 많다.

그렇기에 무턱대고 도전을 이야기하거나 꿈을 찾으라고 부추기는 건 정말 조심스럽다. 친하지 않은 누군가가 당신의 꿈을 응원한다? 당신에게 관심이 없어서 그런 것일 수도 있다. 믿었던 사람이 꿈을 반대한다? 당신을 진정으로 아껴서 그런 것일 수도 있다. 충분히 친하지 않은데도 굳이 반대해서 갈등을 만들거나 설득하는 데 에너지를 쓰기는 쉽지 않다. 적당한 거리를 유지하면서 그럭저럭 좋은 사람으로 남고 싶은 마음도 클 것이다. 그리고 이 모든 건 '오지랖'이라는 단어 하나로 압축된다.

물론 '무관심=응원' 혹은 '애정=반대'가 항상 맞는 건 아니다. 사람들은 생각보다 각박하지 않다. 친하지 않아도 관심을 가지고 진심이 느껴지는 응원을 해주는 사람도 많으니까. 다만 세상이 각박하니 주변 사람들이 당신을 걱정하는 것일 뿐.

그럼에도 모든 걸 목적성으로 환원하는 건 대학교 입시면 충분하다는 생각을 한다. 오롯이 현실만을 생각할 수밖에 없었던 시간. 동아리를 선택할 때도 책을 읽을 때도 입시에 어떤 도움이 될까, 생활기록부에 어떻게 쓰일까를 고려했던 시간을 더 살고 싶지는 않다. 사실 난 그때도 일단 하고 싶은 걸 하고, 어떻게든 도움이 되겠지 하는 합리화를 했다. 행복한 고등학교 생활을 영위하는 데 큰 도움이 되었으니 입시에 간접적으로나마 영향을 주지 않았을까?

이제는 취업 때문에 대학교 생활도 비슷하게 반복될 가능성이 높지만, 휴학이든 뭐든 해서 잠깐만이라도 목적성을 떠난 시간을 보낸 건 좋은 경험이었다. 망하면 어쩌나 걱정했던 문학회에 매년 새로운 사람이 오는 걸 보면 그렇게 살아가는 사람이 이미 많은 건지도 모르겠다.

내가 미술을 생각한 것조차도 궁극의 목적성을 위한 선택이라서 할 말이 없긴 하다. 뭘 해도 다 작품이라는 목적 때문이라고 둘러댈 수 있다는 판단에서였는데, 정말 둘러대기만 한다면 진정으로 탈목적성의 선택이 될까.

이 글 제목을 보면 알겠지만, 원래는 책 제목을 비틀어서 현실의 중요성을 설파하는 내용을 쓰려고 했다. 재미만 마냥 추구하면 안 된다고, 현실을 완전히 잊지는 말아야 한다는 말을 하고 싶었다. 꿈만 좇다가 힘들게 사는 사람 이야기는 정말 많이 들리니까. 하지만 애초에 이 책을 쓰려는 목적이 기울어진 세상에서 조금이나마 다른 쪽에 무게를 실으려던 것이라, 그렇게 끝맺기엔 아쉬웠다.

그리고 사실 독자 여러분은 결국 알아서 잘 선택하고 남 탓을 하지 않으리라 믿는다. 누가 무슨 말을 하든 결국 선택은 자기 몫이니까. 그리고 거의 모든 답은 이미 스스로 알고 있는 건지도 모르니까.

재밌으면 그걸로 충분하잖아?

에필로그

행복하고 재미있게 살아갈 것만은 자신할 수 있다

어쩌다 보니 본문의 마지막 글이 이미 에필로그 느낌이라, 마무리하는 글을 덧붙이는 게 조금 어색하다. 그래도 원고 마감 몇 개월 뒤에 쓰지만 같은 책에 담긴다니 또 다른 느낌과 의미로 다가온다. 무엇보다도 이젠 정말 다 왔구나 싶고.

에필로그 쓰는 법을 찾아보니 책 내용 요약, 쓰는 중 혹은 다 쓴 후의 감정, 감사 인사 등이 핵심 내용인 것 같다. 하지만 집에 있는, 소장할 만큼 좋아하는 책들은 이런 규칙에서 벗어난 경우가 많아서 책을 쓰는 게 처음인 나는 어떻게 해야 할지 모르겠다. 다른 책을 참고하려고 해도 인터넷 서점 미리보기에는 프롤로그와 본문 앞쪽만 나오지 에필로그는 없어서 더 막막했다. 그래서 그 모든 걸 합쳐서 내 마음대로 쓰기로 했다.

출판사와 첫 미팅을 한 지 1년 가까운 시간이 지났다. 그간 성장하며 생각이 변한 부분도 많아 출판사 교정 원고가 도착할 때마다 잔뜩 수정해서 보내드렸다. 몇 년 뒤에 보면 수정한 원고와도 생각이 달라질 수 있겠다 싶다. 실수나 미흡한 부분이 담길 수도 있는 글이 물질화되어 세상에 남는다는 생각에 몸서리가 쳐지기도 했지만, 언제인가부터는 그것도 뛰어넘게 됐다(원고 교정을 너무 오래 기다려서 그랬나?). 어쨌거나 좋은 경험을 한 것이고, 결과물도 남았고, 재미까지 있었으니!

교정을 위해 원고 뭉치를 집어 들면 '이게 다 내가 쓴 거라고?' 하며 믿기지 않을 때도 있었다. 10만 자도 넘는 글. 원고를 더 본다고 나아지는 게 없다면 차라리 편하겠다는 생각도 들었다. 고칠수록 좋아지는 게 보이니 손을 놓을 수도 없고, 거의 울기 직전까지 가면서 퇴고했다.

교환학생을 가야 한다며 코로나를 핑계로 연장한 휴학 기간을 어영부영 보낸 것 같은데, 그래도 글이, 손으로 만질 수 있는 책이 남아서 다행이다. 모든 시간을 책에 사용한 건 아니지만 휴학 동안 뭘 했느냐는 물음에 답할 변명거리가 생겼다.

'휴학을 하자! 여유롭게 살자!'고 했지만, 그 글과 에필로그 사이에 주변 사람들이 취직하고 결혼하고, 어느새 서른이라는 오지 않을 것 같은 나이가 흐릿하게나마 보이니 기분이 묘하다. 아니, 더 솔직하게는 아주 약간의 조급함이 생겼다. 2년 만에 돌아가는 학교는 또 어떻게 다닐 것이며…. 내가 대학생일 때 초등학생이던 분들과 함께하는 대학 생활이라니. 그래도 지금까지 지내온 것처럼 천방지축 어리둥절 빙글빙글 그리고 행복하고 재미있게 살아갈 것만은 자신할 수 있다.

사실 에필로그를 쓰는 이 순간까지도 책의 정체성을 뭐라고 해야 할지 잘 모르겠다. 여행 에세이라기엔 내 이야기가 많고 자서전이라기엔 여행과 남 이야기가 너무 많은 것 같아서. 그럼 어때, '내 책'이 나오는데! 아무튼 좌충우돌 여차저차해서 에세이 한 권이 완성되었다.

책이 나오기까지 수많은 사람들의 도움이 있었다. 나의 예민함을 참아준 엄마, 아낌없는 격려를 해준 친구들, 바쁜 와중에도 원고를 읽고 피드백을 주었던 사람들 모두 정말 고맙다. 이 모든 경험을 할 용기를 준 인생의 스승님들께도 감사드린다. 여러분이 없었으면 지금쯤 나는 아르바이트로 계약금을 보상하고 있을지도 모른다.

책을 제안해주신 에디터님과 무사히 출간할 수 있게 해준 상상출판 편집 팀에도 감사드린다. 이번에 계약하지 않는다면 꼭 다른 곳에 투고를 해서라도 출간하면 좋겠다는 말씀은 두고두고 힘이 되었다. 모든 게 처음이라 편집 팀을 적잖이 답답하고 귀찮게 해드린 것 같아 죄송하다. 그리고 이 모든 길을 인도해주신 하나님께 감사드린다.

재밌으면 그걸로 충분해

초판 1쇄 2021년 7월 15일

지은이 김인태

발행인 유철상
책임편집 유철상
편집 정예슬 정유진 박다정
디자인 여혜영
교정 유은하
마케팅 조종삼, 윤소담
콘텐츠 강한나

펴낸곳 상상출판
주소 서울특별시 성동구 뚝섬로17가길 48, 성수에이원센터 1205호
구입·내용 문의 | 전화 02-963-9891 **팩스** 02-963-9892
이메일 sangsang9892@gmail.com
등록 2009년 9월 22일(제305-2010-02호)
찍은 곳 다라니
종이 ㈜월드페이퍼

ISBN 979-11-90938-81-5(03810)

www.esangsang.co.kr